我怎么就这么喜欢你

陆玖鱼 著
LU JIU YU ZHU

花山文艺出版社
河北·石家庄

图书在版编目（ＣＩＰ）数据

我怎么就这么喜欢你/陆玖鱼著. --石家庄:花山文艺出版社，2020.3
ISBN 978-7-5511-5086-6

Ⅰ．①我… Ⅱ．①陆… Ⅲ．①长篇小说－中国－当代Ⅳ．①I247.5

中国版本图书馆CIP数据核字(2019)第290199号

书　　名：我怎么就这么喜欢你
WOZENMEJIUZHEMEXIHUANNI
著　　者：陆玖鱼
统筹策划：张采鑫
特约编辑：蒋彩霞
责任编辑：卢水淹
美术编辑：胡彤亮
责任校对：董　舸
装帧设计：蔡　璨　西　楼
封面绘制：闲鱼干
出版发行：花山文艺出版社（邮政编码：050061）
（河北省石家庄市友谊北大街330号）
销售热线　0311-88643221/29/35/26
传　　真　0311-88643225
印　　刷　长沙鸿发印务实业有限公司
经　　销　新华书店
开　　本　880×1230　1/32
印　　张　8.5
字　　数　163千字
版　　次　2020年3月第1版
　　　　　2020年3月第1次印刷
书　　号　ISBN 978-7-5511-5086-6
定　　价　35.80元

（版权所有　翻印必究·印装有误　负责调换）

目录

第一章	内心住着"小公举"的总裁	001
第二章	美色当前必须反悔	026
第三章	不是孽缘不聚头	046
第四章	爱情就像龙卷风	070
第五章	你昨晚叫我爸爸了	095
第六章	不和丑的人谈恋爱	129
第七章	家都没了更什么文	179
第八章	原来你是这样的魏总	213
番外一	沈一川	245
番外二	那些小日常	255

第一章
内心住着"小公举"的总裁

1.

宽敞明亮的办公室内。

魏清宇批示完最后一份文件,选了个舒适放松的姿势靠在椅背上,捏捏隐隐作痛的眉心,端过桌上早已冷掉的咖啡轻轻抿一口。

啧,当总裁真累。他当时是脑子被驴踢了吗,才会在他爸提出让他去自家娱乐公司上班时,以不喜欢娱乐行业为由一口回绝,说要自己创业要靠自己的双手打拼出一番事业。

现下看来,创业一时爽,后期悔断肠。

如果当初……

"叮咚"一声响,放在桌子上的手机屏幕亮了,打断了他的"如果"。

他内心充满抗拒地拿过手机,随意这么一看,下一秒,险些将刚入口的咖啡喷出来。

屏幕上是一条微博消息提示,他关注的作者"浪上天"已经更博。

魏清宇匆匆放下咖啡杯,迫不及待打开微博一刷新,首页果然有浪上天刚更新不到两分钟的微博:"坑已填完,别再说浪哥不宠你们。"下面是网页链接。

魏清宇虽然贵为一个游戏公司总裁,但有一个不为人知的爱好,那就是他爱看小说。其实看小说也不是什么丢人的事,毕竟现在很多男生都喜欢看小说,之所以让他难以启齿的是,众多男生看的小说都是玄幻修仙、悬疑恐怖和武侠历史类的,而他不一样,他爱看的是偏向言情类。

对,没错,就是很多小姑娘喜欢看的那种全书侧重于描写男女主角之间爱恨纠葛的言情小说。

"浪上天"是他最近粉上的一个作者。

这个作者写文偏向仙侠类,脑洞清奇、文风大气,却在主角之间感情发展处笔触细腻,不是一见钟情的热烈,也不是没头没脑的喜欢,

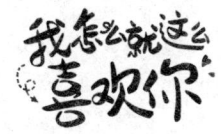

而是细水长流中让人不自觉深陷其中。整篇下来文笔温软细腻又不失风趣幽默，剧情节奏也把握得特别好，不会让人觉得冗长烦琐。

只是这个作者有一点不好就是更文没有定数，可以一天三更也可以三月一更，还从不接受催更。就拿他现在追的这篇文《三生》来说，开坑时作者大放豪言说这个故事已经在脑海里筹划了一年，会尽量在三个月内完结。

结果呢……卡在关键情节处发了把刀就断更了，这一断就是两个月，其间，作者就像失踪了似的，连微博都不更了。任凭评论区一帮读者每天抓心挠肝地猜测各种后续剧情。

魏清宇发誓如果不是"人肉"这种行为太道德败坏，他都想亲自上门堵到作者家门口，不写完全文不许出门，他愿意每天衣食起居好好伺候着。

这不，现如今就在魏清宇以为作者已经弃坑时，作者又重新回归，把坑填平了。

魏清宇花了十分钟看完更新的章节，然后过了二十分钟都还没能从故事结局中抽离出来，因为结局是个悲剧，男主角灰飞烟灭只剩女主角继续轮回。

他又想"人肉"这个作者了，随手点了一根烟，一口又一口抽着，整个人在道德沦丧的边缘试探着，直到传来敲门声。

魏清宇回过神理了下情绪，沉声应道："进来。"

方铭推门而入就看到魏清宇正在往烟灰缸里摁烟头。方铭和魏清宇因为网游结缘，从高中就厮混在一起，大学也是同校同专业，毕业后魏清宇说想自己创业成立一家游戏公司，方铭也是二话不说连人带资就跟着他干，两人感情深厚堪比亲兄弟。

"我这儿有一份方案……"方铭边走边说，待走近看到魏清宇发红的眼角时戛然而止，"你怎么了？眼有点红啊。"

被言情小说虐到红了眼眶这种事魏清宇打死都说不出口，尽管对面是他情同手足的好哥们儿。

"没什么，就是最近游戏刚上市，工作繁多，这几天晚上连着加班就没睡好。"魏清宇揉揉眼睛，笑着回道。

对比这几天连着泡酒吧的自己，方铭顿时就被自家总裁兢兢业业的工作态度感动，同时愧疚之情油然而生，再看向魏清宇时，眼中不由得带了几分敬佩，并暗自下定决心以后要多像魏总这样为公司多做贡献。

"工作再忙你也要多注意身体啊。"

魏清宇点点头，岔开话题："对了，你刚刚说有一份方案，是什么？"

方铭这才想起自己来总裁办公室的目的，连忙把方案递过去："是这样的，我们最近做了一份市场调查，发现最近很多由小说改编成的手游挺受大家欢迎的，我这几天认识了一个大神级网络作家，我想把他的代表作小说版权买下，我们改编成网游，你觉得怎么样？"

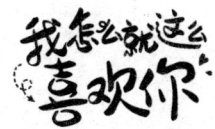

魏清宇闻言，蓦地勾唇一笑，停下翻页的动作，抬起头，把文案拍到方铭身上，一字一句道："我觉得非常棒！"

方铭的工作热情瞬间被点燃，脸上露出大大的笑容："那我这就去把方案再完善一下。"

目送方铭欢快离去的身影，魏清宇默默忏悔了一秒，随后快速拿起手机，点进作者浪上天的微博主页，发了一条私信。

2.

看了眼电脑屏幕右下方的时间，离下班时间只剩十分钟了。

许浪整理好办公桌桌面后，再次登上二次元专用微博小号，准备看下读者评论。

许浪是一家新媒体运营公司的HR（人力资源），因为爱好看小说但又经常看不到自己喜欢的梗，本着自己动手丰衣足食的理念，决定亲自动笔，利用闲暇时间在某知名文学网站上开了专栏写小说，还为自己起了个特别拉风的笔名——浪上天，没想到久而久之竟在网站上吸引了不少读者，可以算得上一个小粉红写手。

当初开《三生》这篇文时，许浪预算全文不超过二十万字，在三个月之内完结，这样下来每天工作之余只需要再写2222字左右即可。

其实算下来，任务量并不大，按理说在预算时间内完结此文是件很轻松的事情。

然而……许浪忘了她是个佛系写手，自写文以来，更文过程中一直严格遵循着佛系写手必备原则："从来没有存稿，有灵感就写一点，没灵感也不强求，能写多少字全凭感觉，什么时候写那就看心情。"

因此拖拖拉拉快半年的时间，都还没填好这个坑。引用读者们最经典的一句评语就是："浪哥这个人啊，挖坑的时候用的是挖掘机，轮到填坑的时候拿的却是小铲子。"

不是没人催更，只是许浪深知自己什么德行，早早就在每篇文的文案后面写上一句："谨慎入坑，佛系追文，切勿催更。"

曾有一个ID为"何年何念"的读者不信邪，连续一个月在网站评论区和微博私信里留言催更，句句情深意切。

最终，许浪被这种锲而不舍持之以恒的精神深深感动，一向不怎么回私信的她在微博里回了私信，先是表达一番自己的感激之情，而后给出了天衣无缝的解释，最后委婉地表达不要再催更了。

总的来说就是：读者一催更心里就发慌，心里一发慌灵感全跑光，没有灵感如何更文？

这个理由真是有道理得让人无法反驳，至少那人后来没再催更过。

不过话虽如此，但许浪心里也是焦急着的，也希望能赶紧把文完结掉，毕竟她也追过文，这种等待作者更新的心情她很能理解。好在这几天她像是不知被谁打通了任督二脉般，灵感犹如火山爆发般不要钱地往外涌，她连续熬了一星期的夜才把剩余不多的几个章节给写了，

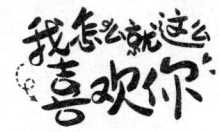

一次性地在今天全部发布。

许浪点开自己一小时之前发的微博,下面已经有一百多条评论了。这让许浪有些膨胀,没想到即使她填坑慢、无日更,时不时消失一下,还是有这么多读者对她不离不弃。

手指上下滑动着,许浪从热评开始一条一条往下翻。

"天哪!浪哥回来了?还发博了?还把坑填完了?这幸福来得这么猝不及防?"

"热评那位幸福得太早了!一看就是没先看文就来评论了。大家快顶我上去,我要告诉她结局是悲剧!"

"啊啊啊啊啊!浪哥!我等了你半年的文,结局居然是悲剧?我就问你良心痛不痛?"

"在浪哥调教下我早就是一个佛系读者了,为什么看完结局时还想给浪哥寄刀片?"

"刚刚又把前面部分重新看了一遍,现在哭着发评论的就我一人吗?"

"不只是你一人啊。浪哥快把你家地址给我,我要去你家门口哭,不改结局就一直哭!"

"楼上去浪哥家哭的带我一个,还有谁要组队吗?"

"我……我看了你们的评论都不敢去看了。"

"别看!明天要上班的别看!快要期末考试的别看!准备和男朋友约会的也别看!"

"事到如今,只想求浪哥出个两人甜甜的番外大反转,弥补我此刻破碎不堪的心。"

……

看到评论里大家都被这篇文赚取了眼泪,许浪的良心一点都不痛,反而特别自豪,毕竟这说明她写作水平又提高了呀。

预期效果已收到,许浪很满意,忍不住嘿嘿笑了两声,就准备退出微博下班。

恰在此时,屏幕下方又收到一条新的消息提示。

她顺手点开,出乎意料的是,不是评论而是私信。

又是那个熟悉的ID——何年何念。

"大大你好,我是一直仰慕你的书迷,也是轩宇网络科技有限公司的策划总监方铭。我们公司最近想选一些小说改编成手游,我觉得你的故事框架不错。不知你是否有兴趣跟我们合作。如果你也有兴趣,可以添加我的微信,我们详谈一下。"后面附带着微信号。

短短几行字,许浪反反复复看了三遍,才确定这是有人来约合作了!而且对方还是她的读者。许浪更加膨胀了,反手就是一个截屏,发送到仅有三名成员的"谁先脱单谁是狗"群里。

【浪得虚名】:快看!兄弟我是不是要一夜暴富了?

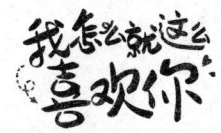

【一马平川】：醒醒，别做梦了。

【浪得虚名】：沈一川，我觉得我们多年的缘分要尽了，你有什么感想吗？

【一马平川】：呵呵。

默默窥屏的余曼青看到这两个又怼起来，只好先放下手中的工作出来圆场。

【曼曼青青】：这个公司我听过啊，他家最新上市的手游蛮好玩的，我同事都在玩。不错啊，许浪，能得到他们的青睐啊！

这一拨吹捧，许浪很受用，谦虚地道了声谢后，就屁颠屁颠地加了那串微信号。

这条私信就像一个打气筒在许浪的心里呼哧呼哧地灌着气，以至于下班的时候，许浪觉得自己走路都有点飘。

3.

上了地铁，许浪一手扶着栏杆，一手从口袋里掏出手机。

那边已通过她的微信好友请求。

许浪看着对话框，酝酿了一会儿，打了招呼："你好，我是作者浪上天。"

对方回复得很快："大大你好，我是轩宇公司的方铭。"

许浪发了个羞涩捂脸的表情包，决定废话少说进入正题："方总好,请问你说那个合作具体是什么?"

"是这样的,我很欣赏你笔下小说的剧情,如果能改成游戏一定会很受人欢迎。所以现在就想跟你合作,需要你在三个月之内重新写一篇仙侠类的小说,这刚好也是你擅长的,而且要求剧情再复杂一些,日更至少保证5000字,你看可以吗?"

三个月内重写一篇小说?她算看出来了,对方一定是个假粉,她写作快三年了,哪本书是在三个月内完成的?这人怕不是来求合作的吧,这分明就是想要她老命啊!

许浪果断拒绝:"不好意思,谢谢你长期以来的喜欢。我觉得我们之间的关系还是维持在作者和读者这个层面会更好一些,我不太愿意打破这个平衡,你觉得呢?"

魏清宇万万没想到许浪拒绝得这么干脆,深刻反省了一下是哪个环节出了问题,突然灵光一闪,找到了问题所在——他刚刚只顾说条件忘了给大大报酬金了!

没有酬金的谈判就是诈骗。

于是,他二话不说报了一串数字:"大大,这是合作酬金,你看怎么样?"

看到金额,许浪着实吓一跳,她的身价都这么高了?这简直快赶上她一年的工资了。

不得不承认,在金钱的诱惑面前,许浪犹豫了。

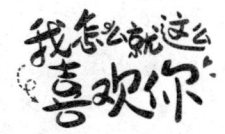

但她转念一想,无商不奸,对方肯出这么高的酬金,违约金肯定也不会低到哪儿去,想到此,蠢蠢欲动的心又定了下来。

"悄咪咪告诉你,我在网站写文这三年,有几个编辑找过我签约,但我都拒绝了,你知道为什么吗?"

许浪问了一个风马牛不相及的问题。

魏清宇一下就愣住了,不知道许浪要搞什么操作,毕竟是粉了很久的作者,还是顺着她的话接一句:"为什么?"

他也很疑惑为什么她一直没签约,按理说只有签约了作者才会有收益,可浪上天在网站写了三年,共九本小说,每本质量都很高,深得读者喜欢,却迟迟没有签约,之前还有读者闹到网站官博下询问为什么不给浪上天签约,直到官博回复是作者自己再三拒绝才作罢。

从此大家对浪上天的喜欢更高了一个档次。不求收益只埋头码字,作品质量还只高不减的作者大概仅此一人吧。读者纷纷表示粉上这么一个作者真是三生有幸,想为她花点钱支持一下都没渠道。

愣神间,许浪给了回复:"因为签约作者要保持日更,我私下模拟过,实在做不到啊!"

魏清宇:"……"

又是万万没想到啊!魏清宇不甘心:"就只是这个理由?"

"对啊!所以……十分抱歉啊,方总。"许浪为表达自己真诚的歉意,发了张小人双手合十哭着说"对不起"的表情后毫不留恋地……

把魏清宇删了，免得自己军心不稳，铸下大错。

觉得自己还能再抢救一下的魏清宇再发消息过去，就看到聊天界面上显示："浪得虚名开启了好友验证，您还不是她好友。请先发送好友验证请求。"

被删好友气成河豚的魏清宇心情十分不爽，他直接略过助理在公司总群进行他第一次发言："今天全体员工再继续加班一小时，加班工资每人双倍。"

4.

继合作事件之后，许浪的日子一如既往地过，在看小说、追剧中找新的灵感筹划下一本小说。

只是再看到"何年何念"这个ID时，许浪就心情复杂，已经不能用以前的心情看待了，这个ID背后已经不仅仅是一个喜欢她支持她的读者了，更多的是一沓厚厚的人民币，而且还是被她不争气地亲手推开。

这天周末，许浪宅在家里看了一天的小说。直到再不能无视肚子发出来的抗议，她起身简单洗漱了一下，换了件白色T恤和黑色沙滩裤，脚上趿着一双印有大嘴猴的蓝色拖鞋，就带着自己的爱宠渺渺出门觅食去了。

渺渺是一条棕黄色小土狗，许浪养了两三年，特别宝贝。

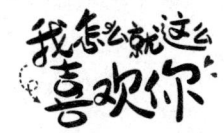

才不过是五月中旬，C市已经热得跟个大烤炉似的。

一人一狗刚到楼下，一股热风扑面而来，如果不是风里带着食物的香味，那不争气的肚子恰巧又闻香而叫，许浪发誓她一定转身就回去。

为什么要出来？是空调风不够冷还是外卖不好叫？

没错，就是因为外卖不好叫。

许浪现在住的小区是去年刚建成的，位置有点偏。想点个外卖，送达的时间至少要半小时起步，而且起送价还不便宜，好在楼下不远处有一条美食街，每天晚上六点半以后，街两旁都是各种小吃摊子和店铺，让人想直接从街头吃到街尾。

许浪走在路上不过五分钟，背上已出了一层薄汗，即使隔着鞋底都还能感受到地面炙热的温度，她觉得自己就像一块行走的五花肉，离烤肉只差一撮孜然和一撮辣椒粉了。

为了向那些献身于木炭的各类肉同胞致敬，许浪在烧烤摊前停下了脚步。

"老板！我要五串烤肥牛、五串烤羊肉、五串烤五花和五串烤牛板筋！对了，再来一罐冰七喜，谢谢！"

一口气报完菜单，许浪找了个位置坐下，单手托腮安静地思考着吃完这摊等会儿再临幸哪一摊。

然而还未等做出选择，烤肉和电话接踵而至。

许浪从口袋掏出手机一看，屏幕上"赵天仙"三字让她食欲瞬间减半。

　　许浪把手机放到桌上任由它振动，不急不慢地拿起一串烤羊肉狠狠咬一口，又喂了渺渺后，才接起这通"致命"电话，含混不清地开口："天仙，我正在吃饭呢。有什么事吗？"

　　"浪浪，是我，你爸爸。你妈今天让人欺负了，现在还在卧室哭鼻子，怎么办？"

　　一听到"让人欺负""哭鼻子"这几个字，许浪脑袋就炸了，急声问："怎么回事？是谁欺负我妈了？我明天就请假回去！"

　　许浪声音急切，引得许父愧疚之情越发浓厚。

　　许父默默瞪了一眼坐在身旁正大口吃西瓜的赵女士，赵女士接到视线，挑眉回瞪过去。许父立刻认怂，继续化身演员，按之前编好的剧本演下去。

　　"浪浪，你先别急。这事吧，不是什么大事，说起来都怪你妈心理承受能力不强——"

　　"我妈心理承受能力怎么不强了？她今年都快五十岁了，还硬觉得自己貌比天仙，非要逼我人前叫妈，人后叫天仙，结果导致上次我和她一起去买菜，我不小心叫错称号，喊她天仙，那旁边路人和小贩的灼灼目光都快把我妈的衣服烧两窟窿了，她却没有丝毫扭捏没有丝毫脸红反而大大方方应了声，这心理承受能力会叫不强？你别老说别的，直接告诉我怎么回事吧！"

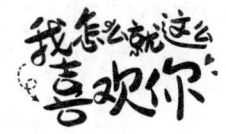

由于许父一开始就按了免提,许浪的话一字不落地传入赵女士耳中,赵女士怎么听怎么刺耳,扔了西瓜皮就凑过来要开口理论,全然忘了这通电话的目的。许父见状一把捂住赵女士的嘴,用口型示意她别冲动,会穿帮。

待赵女士冷静下来,许父故意叹了口气,缓缓说道:"事情是这样的。今天不是咱楼上那个老李他女儿出嫁嘛,你妈就代表咱们全家去喝喜酒……"

老李他女儿李霏,比许浪小两岁,从小一个院长大的,是个学渣,高中毕业就没继续念书了,去了外地打工。这几年许浪在外地上大学,毕业也留在外地不怎么回家,也就很少听到关于李霏的消息。谁知再次听到李霏这个名字竟是她要奉子成婚了。

比自己女儿小两岁长得还不如自己女儿好看的李霏都要结婚了,肚子里还怀着一个娃,而自己女儿毕业快两年了却连个男朋友都还没有——这个结论深深刺激到赵女士傲娇的自尊心了,再加上李母爱炫耀,自家女儿结个婚恨不得全小区人都知道,所以自此许浪开始过上了被赵女士花式催婚的痛苦日子。

从订婚到选婚纱到筹备婚礼,但凡赵女士知道些什么消息都要打电话告诉许浪。开头是吐槽李母这种大喇叭行为,中间是羡慕李母可以炫耀,结尾就是委屈巴巴地问许浪什么时候能让她也这样炫耀一把。

许浪铁石心肠不为所动,每次都是岔开话题使用甜言蜜语敷衍过去。

"说来你妈运气也够不好的——"许父又轻声叹口气,"你妈坐的那一桌都是一群孩子已经结了婚生了子的中年妇女,一群人在那里叽叽喳喳讨论自己的女婿儿媳妇和带孙子的心得,你没结婚,你妈没共同话题就不好插话,只顾埋头吃饭。"

许父喝口水,润了润嗓子,酝酿了下情绪,继续说道:"饭后散场时,你妈去了个厕所返回来打算去打个招呼就离场的,结果听到我们小区那个八卦婆在背后八卦你,说你念书没什么用,学历再高国家也不包分配对象啊,还说我们小区跟你同龄的就剩你没结婚了,还说了一些不好听的话。你妈这么护短,怎么能忍受?就过去跟人吵了起来。我刚下班回来,你妈就把这事给我讲了一下。说着说着她就哭了,直嚷着受不了这种憋屈,我怎么劝都劝不好。这不,现在还把自己反锁在卧室哭呢。唉——"

话讲完,许父捂着心脏处,重重叹了口气。

许浪听得心里发酸,一边暗骂八卦婆多管闲事,一边暗自思索如何安慰赵女士。

忽然,一个大胆的想法划过脑海。

许浪沉声道:"爸,我有一件事瞒了你们很久——其实,我有男朋友的。只是我不是那种喜欢秀恩爱的人,而且我觉得还不到时候,就没有让你们知道。我刚毕业时在一起的,想等着今年再稳定一些了,

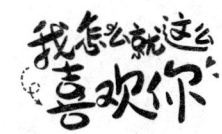

就带回去让你们看看。"

"真……真的吗?"许父声音微微有些颤抖。

"当然!等会儿挂了电话我就把我们两个的合照发我妈微信上,你拿给我妈看,她女儿给她找了个超级帅的女婿!"许浪大声应道。

"那我们现在就挂电话吧!你赶紧发过来啊!"

"你别急啊,先——"

不等许浪把话说完,许父就挂断了电话,转过头一脸求表扬地看着赵女士:"怎么样?我演技棒吗?"

"特别棒!"赵女士捧着许父的脸,在他脑门上响亮地吧唧了一口,"你在我心里就是新一代影帝!"

"嘻嘻!"许父不好意思地笑了笑,捂着心口的手仍没放下。

"咦?许哥,你怎么一直捂着心口?是身体不舒服吗?"高兴过后的赵女士终于发现许父这一举动,着急地问。

"不是,是我良心有点痛。"

听了回答,赵女士舒了口气,随即打掉许父捂在心口的手:"痛什么?我们又没做错什么。其实我早就怀疑她有男朋友了,我们的女儿长得漂亮性格又活泼开朗,没道理没有男朋友!原来是一直藏着掖着呢!等会儿发合照了,明天我就去把照片洗出来贴到那个八卦婆门口,让她看看我女婿!欸,你说我要不要多打几张,出去玩时,谁说我女儿没对象我就甩她一张!"

许父:"……"为什么觉得自己的良心更痛了?

5.

相比较许父和赵女士的开心与期待,许浪这边就是火烧火燎地焦虑。

狼吞虎咽地吃掉所有的烤肉,三两口喝掉冰七喜,打了一个长长的嗝,许浪在心底对美食街恋恋不舍地做了告别,急匆匆地往家赶。

回到家,之前空调的冷气还没散尽,室内的清凉与室外热气形成鲜明的对比,也驱散了许浪心底的烦躁感。

许浪随手打开空调,从卧室里抱出电脑坐在沙发上,等待电脑开机的间隙里,给沈一川打了个电话。

电话嘟了很久才被接起,一道熟悉的清冽的嗓音响起:

"喂!"

"哥,我想——"许浪捏着嗓子甜甜喊道。

"嘟……"

对方直接挂了电话。

这不能怪沈一川绝情,而是每次许浪用这种甜腻的嗓音喊他"哥"时,一般都不会是什么好事。

比如十一岁那年,沈一川养了一只小乌龟做宠物,养了很多年小乌龟才长大一点,沈一川特别宝贝这只小乌龟,这事不知怎么被许浪

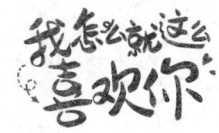

知道了,非要嚷着让她带回家养几天,沈一川不愿意,因为许浪"动物杀手"的称号不是白叫的,养啥啥死,尽管有千年王八万年龟的说法,但是就怕许浪杀气太强即使连乌龟也逃脱不了这个命运。可是他低估了许浪的执着,许浪可以连续一个星期给他买零食贿赂他,还等他放学跟着他回家只为见小乌龟五分钟,他实在耐不住许浪这可怜样,就给她养三天。

三天之后,许浪去他家还小乌龟,开门就甜甜地喊他哥,两手在背后遮遮掩掩,告诉他不知道怎么回事小乌龟在她家玩起了绝食,所以变得很瘦。沈一川虽然有些疑惑但更多是庆幸,还好不是告诉他小乌龟死了。他摆摆手表示没关系,瘦了可以再养回来的,而且乌龟嘛,如何能看出来它瘦了,就让她赶紧把小乌龟还给他。

然而,当许浪把小乌龟递给他的一刹那,他觉得许浪在侮辱他的智商。

什么瘦了,体积比他原来的小乌龟小了整整一大圈!

在他以断绝关系的威胁下,许浪才坦白,她回去后怕家里发现就用一个废塑料盆将乌龟偷偷养在窗台上,结果最后一天晚上忘记拿进来了,早晨再去看时,盆里已经空空如也。许浪怕他生气就去宠物市场重新买了一只企图蒙混过关……

就这样,因为许浪,沈一川失去了他人生中第一只爱宠。

再比如十六岁那年愚人节前一晚,许浪等他放学,甜甜地喊他哥,说自己喜欢上一个学长,一直不敢说,想趁着愚人节这个适合告白的日子给学长递封情书,既表达自己心意也不怕被拒后两人太尴尬。他喜闻乐见,早盼着有人能收了这个闹腾精,所以许浪想让他帮忙递情书,他欣然答应。愚人节那天,他趁着下课去学长所在的班级,正准备把情书递给学长时,恰逢老师提前来教室,目睹这一切。老师看着那封淡蓝色信封,眉头一皱觉得事情不简单,就把他们叫住,收了那封情书。老师当面拆开看完后,略带同情地看了沈一川一眼就让他离开了。

沈一川惴惴不安地带着大堆零食去许浪那里负荆请罪,许浪表现出的宽容大方让沈一川暗自立下 flag:以后要对许浪再好一点!

"人不能随随便便立 flag""今天立最大的 flag,明天打最响的巴掌"这两句至理名言沈一川当时年纪小还不懂。不过没关系,当天他就得到验证。当天晚上放学,学长就在门外等他,带着他去了学校附近的咖啡馆,语重心长又委婉地跟他讲了一堆"我们现在最主要的任务是要好好学习""你还未见过更广阔的天空""人生别这么早就下结论""我没你想的那么好"这类的话语。他不明所以全程只会点头想着要把这些话再委婉一个层次转述给许浪,免得打击她的少女心。

直到学长离开前把信返还给他,拍了拍他的肩膀要他心态放好祝他早日遇到心爱的女孩时,他才察觉一丝不对,顾不上个人隐私,打开了那封情书,前面都是表达对学长的爱慕之情,没任何问题,只是最后署名不是许浪而是沈一川!

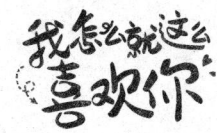

就这样,因为许浪,沈一川的人生黑历史又多了浓墨重彩的一笔。

虽然许浪让他有一千种想和她断绝关系的作死方法,但他总能找到第 1001 种原谅她的理由。

所以当许浪再次打来电话时,沈一川还是接了,只是还没从往事中抽离出来,连带着语气有些不善。

而对许浪来说,只要沈一川还愿意接她电话就代表这事成功了一大半。

"哥,你刚怎么挂了我电话呀。"许浪撒娇道。

"哦。不小心按错键了。"沈一川毫无半点撒谎之后的心虚感,"有什么事吗?"

"你最最最最亲爱的妹妹有一事相求。"

"别恶心我了。正常点说,什么事?"沈一川顺手点了一根烟提前给自己压压惊。

"是这样的,我知道你学设计的,PS 技能特别好,我想让你帮我拼张图。嘻嘻!"许浪怕沈一川拒绝又连忙说,"很简单的图,一点都不困难的!你出手,不到十分钟就解决了!真的!"

"什么图?"沈一川不想再听她废话,言简意赅道。

"就把我和陈渺拼凑在一块儿。怎么样,很简单吧?"

"把你和谁拼一块儿?"沈一川怀疑自己耳朵出了问题。

"陈渺!陈渺!就那个演××剧的陈渺啊!"许浪大吼。

沈一川把手机往外移了移:"我知道。就那个你天天胡乱想着人家是你老公的陈渺呗。许浪,我觉得你的妄想症已经到了晚期,平日在脑子里想想就算了,现下还要我把你俩的照片拼一起?呵,这个忙我不帮。我劝你有空还不如捯饬捯饬自己出去找个男人吧,别一天到晚做着明星爱上老草根的白日梦。"

"喂!谁是老草根啊?你知道你为什么一直单身吗,因为你身边有我这么一位貌美如花的少女提高了你的审美观!"许浪不服。

"呵,我终于知道你为什么老说自己天下无敌了!"沈一川弹了弹烟灰,冷声道,"你去找别人给你修图吧,我不想陪你做白日梦。"说着就准备挂电话。

"欸,哥——我错了!"许浪扯着嗓子说,复又换上一副凄凄惨惨切切的哀婉嗓音说,"其实,事情是这样的……"

这情绪转变得太快让沈一川心头一颤,兴趣盎然地听她编故事。

许浪把事情经过完完整整地复述了一遍:"哥,我既然叫你一声哥,按理说我妈就是你妈,你忍心看着你妈受如此大辱吗?我不可能在这么短的时间内给她变个女婿出来,但胜在我机智聪明,想到这个修图的办法。你一定要帮帮我啊,我的不是亲哥胜似亲哥的沈一川哥哥啊!"

沈一川在心底亲切地问候了那个八卦婆一番后,又说:"你少给自己加戏!你当阿姨是傻子吗?陈渺是当红明星,阿姨会不知道?"

"不会不会,我妈才不关心当红明星呢!我妈天天只关心什么'看

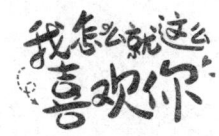

资讯赚钱啦''上了年纪就长白头发？用它就对了''很经典的一番话，把人生说得太透彻了''震惊！99.99%的人都不知道的死法'……这类的消息，哪里会关注明星！上次我们一起看综艺节目《我是歌手》，里面张杰在唱歌，我妈看到了特别惊讶问我任泉怎么不演戏改唱歌了？哈哈，我当时愣了半天才反应过来！"

沈一川："……"同一个世界同一个妈妈。

"好了，赶紧去把你俩高清原图发我，我现在就开电脑。"沈一川掐灭烟回道。

"嘿嘿，好嘞！谢谢大哥救命之恩！"许浪挂了电话，立即把事先选了好久的图片点击发送。

片刻后，收到图片的沈一川真想自戳双目。

许浪发他的两张图片，陈渺的还不错，就是正面站在一片金灿灿的油菜花地里，笑得很灿烂。而许浪……许浪的图片很过分了！许浪的图片是她侧着脸噘着嘴，在沈一川看来特别像儿时动画片里的那只红毛啄木鸟。

【一马平川】：想让我怎么修图？

【浪得虚名】：看不出来吗？当然是我亲他的那种照片啊，特别有说服力！

【一马平川】：你嘴噘那么高真丑！

【浪得虚名】：嘿嘿。那你记得把我修饰得美一点，谢谢。

【一马平川】:……

许浪深知沈一川就是个"口嫌体正直"的人,每次她提出要求表面都是各种嫌弃带打击最后还不是老老实实帮她完成。

趁沈一川操作期间,许浪觉得干等着有点无聊,又拨了个电话过去想和他聊聊天。

沈一川开了免提放在电脑旁,听她说:"欸,你知道吗,我前几天错过了一夜暴富的机会。"

"哦。"他冷漠地回应。

许浪显然不满意他这么冷淡的反应,声音提高了几度:"我发现你后来对我日益冷淡,你是在外面有了别的狗吗?"转而又带了几分惊喜,"我是不是马上就要有嫂子了?"

隔着屏幕沈一川都能感受到她八卦的气息,不想理,岔开话题:"说说为什么错过?跟上次合作有关?"

"嗯。"许浪果然被成功转移了注意力,"对方提出了一个我不可能完成的任务,还妄图巨额激励我。呵呵,我多年的咸鱼是白当的吗?所以我坚决拒绝了。"

沈一川听不下去,这天没法聊了。

他直接挂了电话,加快了手中的速度。

最后,嘴上嫌弃身体却很诚实的沈一川还是认认真真地让许浪如愿以偿地亲到了陈渺,并且毫无 PS 痕迹!

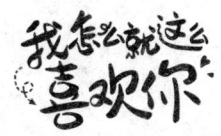

　　成果图发给许浪时,连她自己都觉得这就是原图了!

　　发了个小红包以示感谢后,许浪兴冲冲地发给许父和赵女士,还顺带发了条朋友圈:

　　"好吧……我和他的恋情终究还是瞒不住了。"

第二章
美色当前必须反悔

1.

余曼青是一名高中老师，最近工作极不顺心，导致心火过旺不到一周时间，这额头就冒出几颗痘，为了好好吐槽一下近来工作上的糟心事，她决定约许浪出来吃个饭。

许浪和余曼青虽在同一个城市，但由于工作原因，两人宛如异地，只偶尔有时间才会约着出来见上一面。

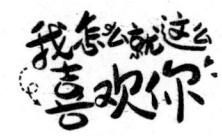

吃饭地点定在离两人都近的商场火锅店,许浪下了班就风风火火赶了过去。

刚踏进火锅店,许浪就看到余曼青坐在那里用手撑着头,双目呆滞,一脸生无可恋,特别是她额头上那几颗红色的痘痘,格外扎眼。

"你怎么了,丧气满满的。"许浪道。

回答她的是余曼青一声长长的叹息:"唉——"

两人点了满满一桌菜,一边涮着一边听余曼青吐槽。

"还不是我们班里的那群大龄熊孩子,虽然高中生谈恋爱是很常见的一件事,我几乎都是睁一只眼闭一只眼了,但你说他们就不能放机灵一点吗?这下好了,让校长巡逻时逮到,天天把我叫到办公室进行思想教育,说我眼睛不够亮,没能及时发现他们早恋……"

"那他们做了什么被逮到了啊?"

余曼青说:"晚自习两人逃课在操场拉小手。"

许浪脑补了下那个画面,不厚道地笑出声:"现在的小年轻这么会玩?你再多给我讲讲细节呗,我好积累些素材下次写个青春校园文。"

余曼青甩了她一个白眼:"得了吧,你就别给自己的八卦找理由了。"

被拆穿的许浪干笑几声:"看透不说透,我们还是好朋友。"

余曼青又甩过去一个白眼:"不过还是谢谢你了。吐槽之后心里好多了,看我这几天心情烦得都长痘了。"

"太太静心口服液,你值得拥有。"许浪咬了口丸子,含混不清道。

打人犯法,打人犯法……余曼青心里默念十遍,才勉强按捺住想把许浪的头摁到碗里的冲动。

不知道自己刚刚逃过一劫的许浪突然想到某件事,抬起头,兴奋地说:"对了,我跟你说,我们这次去C大校招的场地终于换了!换到教室里去了!"

许浪犹记得第一次得知自己要去校招时,那激动又兴奋的心情,结果跟着经理去了趟学校登记消息,才知道他们不像电视上那种在室内,特别高大上,而是就在图书馆前面广场上搭个篷子。坐在里面时,她都感觉自己不像是来校招的,反而是来做什么促销活动的。

后来她还就此问过经理,经理说:"因为C大的毕业生,要么就是已经提前找好了工作,要么就是准备考研深造,剩下为数不多的才会来校招会上转一圈,所以学校基本不怎么重视校招,我们也差不多算是走个过场了。"

从此,许浪对去C大校招再不报什么希望,原本以为这次也是如此,没承想事情有转机。

经理告诉她这次改室内了。

"据说好像是某家游戏公司老总今年也想来C大校招,了解了一下之前校招的场地,觉得太过磕碜,觉得配不上他们公司的格调,就去跟校长反馈了,于是校长就开始重视校招了。"

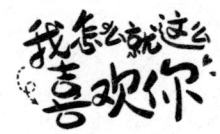

"欸？说起游戏公司我忽然想起你上次在群里说的那个合作，怎么样？搞定了吧？"余曼青朝许浪挑了下眉，"我可等你一夜暴富带我飞啊！"

许浪："……"

当初就应该在群里统一回复，免得现在要再回答一遍！

她把应付沈一川的那套说辞又重复一遍。

余曼青痛心疾首："你真的是佛系老阿姨啊！在下服了！"

许浪："不敢当，不敢当。"

就在这一刻，余曼青开始怀疑自己为什么要请许浪吃火锅，是嫌自己心火不够旺，想来添把柴吗？

2.

转眼间，到了校招的日子。

一大早，许浪就和小徒弟赵妍去学校布置场地。

赵妍比许浪晚一年来公司，因为两人年纪相仿，赵妍性格又很讨喜，许浪在她刚进公司时就多加照顾了下，教了赵妍许多职场新人注意事项，从此赵妍就特别喜欢黏着许浪，张口闭口都是"师父"，叫得许浪心里美滋滋的。

"师父，你说今年校招，来咨询的人会多吗？"赵妍看着站在凳子上正往墙上粘贴招聘海报的人。

"我也不知道,应该会比去年好吧,毕竟我们跟大公司一个教室呢!"许浪下来拍拍手,不自觉地瞄了眼旁边写着公司名字的牌子,在他们公司对面的正是"轩宇网络科技有限公司"。

今年来C大校招的企业共有二十多家,轩宇网络科技有限公司是唯一一家游戏公司,许浪在分布图上看到她们和这家公司在一个教室里时,心情十分复杂。

没想到这家公司居然跟她一个城市,而且这么快就遇上了……

上午前来咨询的人不算多,偶尔有进来的学生,还大多数在其他展位咨询。

赵妍显然也发现了这个现象,凑过来小声问:"师父,我们这里怎么都无人问津啊?你看他们那边还有好几个人呢!"

许浪看了看跟她们隔了一条过道的展位,默默在心里做了对比:

她们两个人,对面的展位上三个人……

她们两个今天都穿着简单的T恤和裤子,对面的人统一穿着职业工装……

这样看来,她们两个就像来摆摊的……

"一切随缘吧。"许浪拍拍赵妍的肩,笑着说。

表面上这么说,实际上,许浪内心十分不佛系,偷拍了别人的照片发到了三人群,开始吐槽:"哎呀,好烦!你看我们旁边这个企业的人事经理,来校招都还穿得这么正式!今天上午来这里咨询的人都

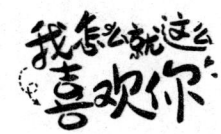

跑到他们那里去了!"

【一马平川】:这样才能显示对方的专业和严谨啊。

【曼曼青青】:附议。

【浪得虚名】:你们俩……是想气死我这个小可爱吗?

【一马平川】:这位二十五岁的老阿姨是想恶心死我们吗?

【曼曼青青】:附议。

【浪得虚名】:楼上这位是自动回复吗?

为了证明自己不是自动回复,余曼青问了个问题。

【曼曼青青】:你旁边是什么公司啊?

【浪得虚名】:说起来你们可能都不信,缘分真是妙不可言,我旁边就是之前说的那个轩宇网络科技有限公司,我今天看到都还吓一跳。

【余曼青】:那你不正好可以侧面打听打听上次找你合作的那个人是谁?你难道就不好奇吗?

【浪得虚名】:一语惊醒梦中人啊!那我去打听一下,看看对方长什么样,要是长得好看了,我就……嘿嘿嘿。

许浪收起手机,暗自思索着该如何跟人套近乎。

或许是上天都在帮她,与她隔着一个走廊的女生手机响了一声,她下意识地看去,发现对方的手机锁屏壁纸居然是陈渺的动漫形象图!

许浪轻轻戳了戳女生的胳膊,带着些许期待开始对接头暗号:"喵喵喵？"

当红偶像演员陈渺，因为名字带个"渺"字，人又长得特别清秀，浑身散发着十足少年感，所以不少粉丝都自称是"妈妈粉"，还把粉丝名定为"喵咪"，接头暗号是"喵喵喵"。

许浪见对方迟迟没有回应还扭头看了其他两位同事一眼，顿时心里"咯噔"一声，莫非自己认错了？

就在她清清嗓子准备说点什么化解这尴尬时，那女生突然笑了："喵喵喵。"

有了共同喜欢的"爱豆"，聊天就变得容易起来。

没多久，原本只是点头之交的五人已经变成了可以称姐道妹的一家人，甚至到了中午吃饭时间也是热热闹闹一起去食堂。

3.

饭席间，许浪找了个合适的时间，装作不经意地问："欸，你们公司是不是有个人叫方铭啊？"

显然这个人在轩宇网络科技有限公司非常出名，她这话一出，那边的三人面色就有些激动。

肖霞，就是那个跟许浪对暗号的女孩，率先接话："你也知道我们方总？"

许浪点点头，随口扯了个谎："我一个朋友的亲戚，以前天天在

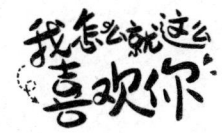

我面前夸他,今天看到你们公司名字,突然想起来,就问问。"

"那你朋友真幸福,能有这么帅的亲戚!"

听到"帅"字,许浪眼睛一亮,开始不淡定了:"哦?真的吗?有多帅啊?"

"特别帅!"肖霞划开手机屏点进相册,"你稍等,我给你找找照片。"

"你不用找了,我已经翻出来了。"肖霞另一个同事曾琪把手机递过来,"看,穿灰色西装的就是我们方总。"

许浪接过手机和赵妍一起看。

许浪看着那张照片,看背景应该是公司年会上,两个男人并肩而立,一个穿着灰色西装,一个穿着黑色西装,穿灰色西装的男人确实很帅,可有了旁边男人的对比,许浪觉得他长得还行吧,就是比普通人好看了那么一点点。

"他旁边的人是谁?我觉得这人更帅一些。"许浪被穿黑色西装的男人勾起了兴趣。

"是的,是的,我也觉得!"赵妍随声附和。

肖霞一巴掌拍在许浪肩上:"姐妹,有眼光啊!旁边这个可是我们公司老总,魏清宇。我们公认的男神!"

"对对对!其实我当时就是为了看魏总才投的简历,结果进公司才发现很少能见到他本人。"曾琪不好意思地笑了笑。

魏清宇……许浪轻皱着眉，在心里默默念道，这个名字她好像在哪儿听过，而且再看这张照片，觉得这人的眉眼也有几分熟悉，但作为一名合格的颜控，如果她以前真的见过这个人，是绝对不可能忘记名字的，可她现在脑海的帅哥回忆录都翻到小学一年级了，也没找出这张脸和名字。

算了，不想了，可能曾在梦里见过吧。许浪把手机还给曾琪，低声道谢。

曾琪接过手机，刚退出相册，就听到肖霞咆哮了一声："啊啊啊！文思思，你刚在做什么？你发错群了，快撤回！"

许浪和赵妍同时被吓一跳，不明所以地看向离她们最近的肖霞。

紧接着，曾琪也发出土拨鼠式的尖叫："啊啊啊啊啊！文思思，你快撤回啊！"

"啊啊啊啊！怎么办？超时了，撤不回了。"从进来到刚才一直都不怎么说话的文思思手忙脚乱按着手机。

许浪和赵妍两两相望，一头雾水。

事已至此，心如死灰的肖霞这才反应过来自己刚刚声音有点大了，对着她俩歉意地笑了笑，举着手机，指了指微信聊天界面，欲哭无泪道："我同事刚刚把偷拍我们的照片发公司总群了，我们公司总群有规定不能发与工作无关的照片……何况，你看这张照片，为什么唯独把我照得这么丑！"

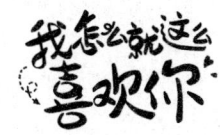

　　许浪和赵妍凑过去看，照片是在曾琪递手机时抓拍的，她和赵妍也在里面，不过她们三个都只露了半边脸，唯独肖霞是正面，而且那时……她正张大了嘴巴在往里塞牛肉丸子……表情略微有些狰狞。

　　许浪和赵妍死命掐着自己的手心才忍住没有笑出声。

　　"对不起，我真不是故意的。"文思思双手合十，解释，"我本来是想发到我们人力资源小群的，结果不小心发错群了……我说呢，怎么那么久都没人回消息。"

　　"你还说！你看你写的什么？"曾琪直接念出声，"'霞姐和琪姐又在给人安利魏总和方总的美貌了'，你说我们以后可怎么面对公司同事啊！"

　　"对不起……真的对不起……"文思思低头忏悔。

　　"啊……老大发话了。"曾琪生无可恋地念出惩罚，"请文思思、肖霞、曾琪每人明天交3000字检讨，另扣除本月全勤奖，以儆效尤。"

　　"文思思，我跟你讲啊，这件事没三顿火锅是无法原谅的。懂吗？"肖霞看着快要哭出来的文思思，不忍心再继续责备。

　　"没错，火锅我们指定要海底捞的……欸？魏总居然为我们说话了！"曾琪话说一半惊叫一声。

　　文思思和肖霞赶紧拿起手机点开微信。

　　许浪和赵妍也一同凑过去看回复："不用罚了。我和方总还要谢谢你们的认同。不过，仅此一次，下不为例。"

方铭也紧跟其后回复道:"原来我在你们眼里颜值这么高啊,谢谢你们的安利啊,哈哈。"

果然这种长得帅人品又好的领导都是别人家的领导啊。

许浪和赵妍默默对望一眼,都在对方脸上看到两个大写的字:羡慕!

4.

刚谈完合作的魏清宇坐在高档轿车内,看着微信群里三个员工的谢谢之词,淡淡一笑。

他又打开文思思发的那张照片,不断放大,然后定格在某人侧脸上,那人右耳耳垂上有一颗黑色小痣,那是她独一无二的标志。

"许浪。"他隔着屏幕轻喃,"真是好久不见啊。"

魏清宇忽然就萌出了一个念头,想现在就站到她面前,让她看看他现在的模样。

她可能不记得他了,他却从没忘记过她呢。

"刘叔。"魏清宇对司机说,"我们先不回公司了,麻烦您现在去C大。"

坐在副驾驶的助理齐晟闻言转过头:"魏总,如果我们现在去C大,下午公司三点的会议就可能赶不上了。"

"没关系,你现在发信息告诉他们会议延迟一小时。"

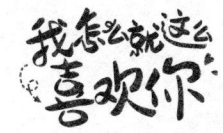

齐晟:"……"魏总这是要搞什么操作啊?

不到二十分钟,车子已到 C 大门口。下了车,他并不着急进校,反而先往旁边的一家奶茶店走去。

魏总要买奶茶?齐晟看着走在前方的背影,觉得今天魏总有些不对啊。

"今天人资那里安排了几个人来校招?"魏清宇站在点单台前,边看单子边问。

齐晟回想了一下:"三个。"

"老板,来五杯珍珠奶茶,打包带走。"

齐晟:"……"这又是一波什么操作?

下午咨询的学生比较多,好不容易过了高峰期,许浪抽空去了趟厕所,待她再回来时,她怀疑自己产生了幻觉。

中午还出现在别人手机照片里的男人为什么现在竟出现在这间教室里?

其实这不是重点,重点是这个男人比照片上看起来还要帅啊!

不知道现在辞职还来得及吗,她好想去他们公司上班啊!

肖霞抬起头,就看到许浪直愣愣站在教室门口,眼睛盯着她们的魏总,眨也不眨。

"许浪!"她挥手示意,"站在门口干吗!快过来,我们公司魏总请大家喝奶茶了。"

听到肖霞的声音,许浪如梦初醒,看大家把目光都放在自己身上,颇有些不好意思地走过去。

她看了眼正喜滋滋喝着珍珠奶茶的赵妍,略过客套话,直接拿起最后一杯奶茶看向魏清宇:"谢谢魏总。"

"不客气,碰巧买多了而已。"魏清宇回看着她,目光沉沉。

站在一旁的齐晟心情复杂,魏总这波操作他很服气了。

"今天招聘情况怎么样?"魏清宇从许浪脸上移开视线。

"挺不错的……"肖霞一秒进入工作状态,开始汇报。

肖霞讲的什么,魏清宇全没听,情况怎么样说实话他并不关心,当下他的注意力全在那边那个正不停偷看他的人身上。

这么久不见,她还是跟以前一样啊,看到长得好看的人就移不开眼了。

当初也是这样,见到他弟弟魏清轩就眼睛亮亮的,每天跟在他弟弟屁股后面转悠,嘴上更是离不开"魏清轩"这三个字,有什么好玩的好吃的第一个想到的就是魏清轩,完全忽视了在她身后的他。

不想再继续回忆那段并不美好的时光,魏清宇在许浪第N+1次偷看过来时大大方方对上她的目光,并毫不吝啬地给了她一个微笑。

偷看被抓包了!这种情况真是太尴尬了!

然而她绝不能慌!要稳住!

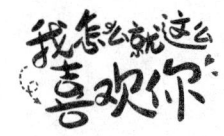

许浪假装若无其事地撇开头,开始专心和杯底的珍珠做斗争。

只是越来越红的耳朵暴露了她极不淡定的内心。

"好了,剩下的不用再说了。"魏清宇站起身打断肖霞,他对许浪关于这次重逢的表现很满意。看了眼表,时间差不多了,下午还有会议,他决定今天就先到此为止。反正他现在已经知道他们在同一个城市了,以后见面的机会肯定不会少。

"我还有事,先回公司了。你们继续努力。"

他们前脚刚出门,后脚许浪就迫不及待地问肖霞:"你们魏总平时在公司是不是也这样啊,这么平易近人,连你们出来校招都会过来探望,还带了奶茶!"

肖霞也被魏清宇的行为弄得晕晕乎乎的:"我也不知道啊。平时在公司都很少见到他真人的。"

"难道魏总怕中午那件事给我们留下心理阴影所以亲自过来慰问,暗示我们别放在心上?"文思思大胆猜测。

"我也觉得是这样。"曾琪十分赞同文思思的说法,"魏总的人品真是好得没话说,看来以后我们得更加努力工作才行啊!"

全程围观了这场小风波的许浪和赵妍:嫉妒使人丑陋啊!

5.

晚上,许浪躺在床上,翻来覆去毫无睡意,索性打开与余曼青的聊天界面，发了条："你睡了没？"

"睡什么睡，刚写完教案，在刷微博放松心情。"

"那我们聊会儿天？"

"聊多少钱的？"

许浪认真想了下接下来要说的事情，时间有点长，按照平时发的五毛钱来说根本不够，就大手一挥，往红包里塞了个十倍的数额。

果然对方惊到了："五块钱的聊天？浪哥大手笔啊！看来今晚我要通宵了啊。"

许浪懒得再废话，直接入题："曼曼，浪哥可能要'先狗一步'了。"

"先狗一步？"余曼青不解，网瘾阿姨又学了新的网络用词？

"就是本仙女今天去校招，遇见了一个男人，特别帅！所以不小心一眼万年，动了凡心。"

看到"本仙女"三字，余曼青想吐槽许浪，可看完整句话，她的脑子里只剩下感叹号了。

"你……"希望不是她想的那样。

"总而言之就是我打算去追这个男人了！"许浪向她证明，就是她想的那样。

"别冲动啊！我不相信你是这么肤浅的人，一见钟情不能长久！"

"谁说我现在一见钟情了？我明明是'一见钟脸'，我认真想过了，我今天见到的那个男人，颜值高人品好，关键还单身啊！"许浪想起

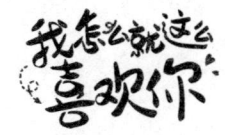

下午得来魏清宇还单身的情报,就觉得这是上天给她掉馅饼了,"真的,与其以后便宜其他人还不如便宜我,我打算试试!而且啊,说来你可能不信,我看上的这个跟之前找我合作的人在一家公司还是好兄弟!你能理解这种全世界都在给你铺路的感觉吗?"

余曼青:"我看你是在逗我。根据你的描述,颜值高人品好还单身,这人十有八九有生理隐疾。许浪同学,我劝你理智一点!"

许浪脸上的笑容渐渐消失,这一点她的确没想过,看来她得找时间把这事弄清楚。

她心里这样盘算着,嘴上还在逞强:"你少胡说!你赶紧去睡吧,等我好消息!"

余曼青心累,还睡什么啊?自己的小姐妹都要沦落为失足老阿姨了啊!于是微博也没心情刷了,上网搜了一堆"一见钟情不靠谱""好看的男人是渣男"之类的真实案例,一一截屏,等着这周休息时把许浪叫出来当面谈谈。

然而她万万没想到,许浪被美色冲昏了头脑,已经为自己制订好了计划:先重新添加那个方总争取再次合作,然后在合作中拉近关系,刚好也可以借用他是自己书粉的关系获取那个魏清宇的消息,最后再慢慢接近魏清宇开始追求模式。

结束聊天后,许浪就坐到电脑前把前几天的新大纲和细纲认真修改一番,直到自己满意了才打开微博私信,找出当初的微信号,再次添加好友。

另一边,魏清宇的公寓里。

魏清轩正拿着他哥的手机玩游戏,选定了英雄等待加载时,收到一条微信消息推送。

他瞄了眼手机上方的时间,已经快十一点了,还有人发微信消息?

这么晚还发消息过来的,多半是私事。回头看了眼还在厨房做夜宵的哥哥,他抱着一丝八卦心理,随手点开。

结果是他想多了,那是方铭发来的文件。果然人以群分啊,自己哥哥是个工作狂,交的朋友也是工作狂。

魏清轩摇摇头,就打算退出去,然后一条新的消息出现。

【浪得虚名】:嘿嘿。

这个昵称有意思。

"哥,'浪得虚名'是谁啊?她给你发消息了。"魏清轩冲厨房喊道,饶有兴趣地打开对话框。

哟嚛,这个人前段时间还删过他哥啊。有意思。

魏清轩手指向上滑动,想看聊天记录,下一秒手机就被人抢了过去,同时手里被塞了一双筷子。

"别乱动我的手机,玩你自己的手机去!"

"我手机刚落陈渺剧组里了,他明早才能给我送过来。"

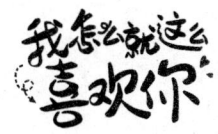

"陈渺?就最近挺红的那个偶像演员?"

"对啊,就是他。他跟前公司合约到期后就直接签我们这里了,人不错性格挺好的。我俩现在总在一块玩。"其实是因为陈渺游戏玩得贼溜,魏清轩这样的战五渣就需要这样的大神带着飞。

"欸,不对,你别岔话题。那人是谁?我之前经常玩你手机也没见你这么大反应啊?"

"那我以前是懒得说你,从今天起,你要尊重我的个人隐私,少看我手机。"魏清宇走到沙发另一端坐下,"赶紧吃你的面,吃完快点滚去睡觉。"

哟嗬。第一次啊。

第一次他哥跟他讲隐私问题。

魏清轩觉得今晚来这里值了,那个叫"浪得虚名"的人不一般啊。

"哥,那个浪得虚名是谁啊?"他端着碗凑过去,笑嘻嘻地问。

魏清宇白了他一眼:"一个陌生人。"

魏清轩显然不信:"陌生人会晚上给你发个嘿嘿,之前还把你删了?我微信联系人列表里怎么没有这样的陌生人?"

魏清宇瞪了他一眼:"你还吃不吃了?再话多我就把你赶出去了!"

被威胁的弟弟幽怨地看了眼哥哥,只想唱句"小白菜,地里黄,哥不疼,哥不爱"。

耳边清静下来的魏清宇盯着屏幕里"嘿嘿"两个字,脑子里竟浮现出白天许浪的笑脸。

　　这一定是白天看到许浪留下来的后遗症,现在看到昵称里带"浪"字的都觉得是她。

　　他挥开这有些荒诞的猜测,打了一句:"有什么事吗?"准备点击发送时,瞥到上面一条"浪得虚名开启了好友验证消息"。

　　虽然他是她的书粉,但书粉也是有骄傲的。

　　这样想着,他删了编辑好的话,点开对方头像右上角选择"删除"。

　　许浪一直关注着对方的微信动态,特别是显示"对方正在输入……"时,她竟有些紧张。

　　就在这忐忑紧张中,对方没了动静,显示栏切换成对方的昵称。

　　没有消息发过来,只有她的那句"嘿嘿"安静地躺着。

　　许浪不死心,又试探着发句:"方总,你好。"

　　回复她的是需要"发送朋友验证"的提示……

　　这大概就是风水轮流转吧,算了,先睡觉吧。

　　许浪关了灯,怀着淡淡的忧伤进入了梦乡。

　　而这边,删了好友的魏清宇有点烦躁,反复看了几次手机都没再接收到对方加好友的消息。

　　心情烦躁的魏总在看到正刺溜刺溜吃着面的弟弟,更加不爽了。

　　"我说你吃面就吃面,能不能别发出这么大声音,像猪一样!"

　　莫名遭到人身攻击的弟弟蒙蒙地看着哥哥:"你说我是猪,那你

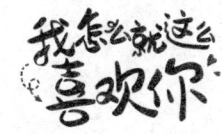

是我亲哥,你是什么?"

魏清宇一时语塞。

"哦,对了,还有咱爸咱妈,生我们养我们的人又是什么?"难得扳回一局,魏清轩不知危险即将来临,还在得意扬扬。

真是特别碍眼!魏清宇从桌上连抽几张纸,大步走过去,一手扶着弟弟的后脑勺,一手把纸糊到他嘴上:"闭嘴!快吃你的面吧!"

做完这一系列动作,他心情终于好转一点,哼着小曲往卧室走去。

只剩心里委屈但不能说出来的魏清轩还坐在沙发上,拿掉黏在他嘴上的纸巾,看着哥哥的背影。

今晚哥哥好暴躁啊!这一定不是他亲哥!

最后,他心塞塞地吃完面,刷完碗,洗好澡躺在床上准备忘记哥哥对他不好的态度,保持一个愉悦心情进入睡眠时,脑子里突然闪过一个片段。

他在看他哥微信之前在做什么事?

玩游戏,打排位,等加载。看了微信之后……手机再没回到他手上。

"啊啊啊!"所有的情绪在这一刻爆发,魏清轩忍不住咆哮出声。

这一局是他上"黄金"的关键啊!

这下好了,说不定还被人举报了。

被亲哥欺凌,错失黄金段位,遭游戏队友举报。

看来他今晚注定不能愉快地睡觉了……

第三章
不是孽缘不聚头

1.

许浪眉开眼笑地走进公司,先是乐呵呵地跟经理汇报昨天校招情况,接着又乐呵呵地回到座位上开始工作。

赵妍很少见许浪这样,趁没人注意偷偷将椅子往许浪那边移了移,小声问:"师父今天怎么了?这么开心?"

许浪看了眼她,觉得今天的小徒弟格外可爱,伸手摸摸她的头,

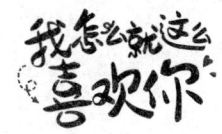

笑道:"晚点说,先认真工作吧。"

赵妍只得悻悻地坐回原位,许浪依然乐呵呵整理文件。

虽然许浪昨晚睡前的心情是淡淡的忧伤,做的梦却是甜甜的。她梦到魏清宇跟她表白,说他对她也是一眼万年,明明是初见却仿佛已经认识很多年。就是这个梦让她醒来,满血复活,充满干劲儿。

于是她再次添加那个已经快要背下来的微信号,所幸这次没有再被删除,反而进行了一场愉快的谈话,对方对她的新大纲和细纲十分满意,当即决定翻过前面你删我我删你的那点儿恩怨,敲定合作,还表示等她先交三万字就可以签约。

三万字对于许浪来说,放在以前可能至少要一个月才能写完,而现在她觉得写文什么的都不算什么,码字使人快乐!甚至恨不得现在就下班,回去写稿!

这种热血与激情在她心里熊熊燃烧,连中午吃饭、下班回家路上都在不断想故事情节。

回到家,吃了饭,遛完狗,许浪坐在电脑桌前打开文档开始码第一章节。

一个小时过去了……两个小时过去了……

许浪看着不到 2000 的字数,欲哭无泪。

"方总你好,打扰一下。请问你现在有时间吗?"许浪索性关了电脑,躺到床上,登上微信去找自己的小粉丝同样也是合作伙伴方总聊聊天。

看见"方总"这两个字，魏清宇有一瞬间的愣神，随后才想起当时他为了不暴露自己这种"爱看言情小说的总裁"属性，就盗用了方铭的名字和职称。

"大大不用叫我方总，把我当成你的普通书迷就好了。"魏清宇放下手头工作回复，"我现在有时间啊，大大怎么了？"开玩笑，喜欢的大大跟自己聊天，有事也要说没事。更何况，大大早上交过来的故事框架他看了，特别棒！他已经迫不及待，想快点看具体故事情节了。

见过方铭的照片，再看到他喊自己"大大"，许浪有点不好意思，但让他跟之前一样叫"浪哥"，她又受不起了。毕竟他和她的次元壁已经破了，想着反正到时候签合约要写真实名字，她就说："你不用叫我大大了，我有点受不起，我的真名是许浪，你直接叫全名就好了。"

许浪？大大也叫许浪？魏清宇不敢置信，难道说他喜欢的大大和前些天见到的许浪是同一人？

如果真的是这样，那这个世界也太玄幻了吧。

或许只是同名同姓而已，魏清宇一边安抚自己别想太多，另一方面决定试探一下。

"许浪？大大这个名字好奇特啊，有什么特殊含义吗？"

"哈哈，从小到大经常有人吐槽我的名字，说一个女孩子起名叫'浪'，感觉怪怪的。说起来这都怪我爸，起名前找人替我算了一卦，

· 048 ·

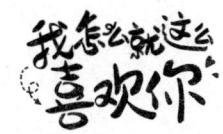

对方说我五行缺水,名字中最好带三点水这个偏旁,然后我爸又希望我长大能做一个品行优良的人,所以取了'良'字……"

实锤没错了!这个解释令魏青宇记忆深刻,他第一次听是在五岁,他和弟弟刚转去那个幼儿园。有一天,老师让每个小朋友都回去问问父母自己名字的含义,下午来分享。后来轮到他身边的小姑娘时,她扎着两个麻花辫,穿着大红色长裙,站在那里奶声奶气地解释:"我叫许浪,名字是我爸爸起的。我爸爸说我五行缺水,所以有了三点水,他希望我可以做一个品行优良的人,所以取了'良'字,合在一起就是浪花的'浪'。"

大概是那天天气特别好,金灿灿的阳光倾洒在她大红色长裙上,让五岁的魏清宇想到了自家后院田地里熟透了的西红柿,那是他第一次滋生想要亲近一个人的想法。从那天开始,他主动靠近她,想要和她做朋友,想要和她一起玩耍,然而她……

想到她后来对自己的态度,魏清宇就忍不住冷哼一声,停止了回忆。

2.

回到现在,魏清宇看着对话框上方"浪得虚名"四个字,深有感慨。

真是万万没想到,原来他一直喜欢的写手大大是许浪!是那个小时候经常笑话他的许浪!更是那个他这么多年刻意不去想却又死活忘不掉的许浪!

这大概就是所谓的"不是孽缘不聚头"吧!

到底是有着丰富的言情小说阅览史,他什么狗血梗没见过,所以在内心思绪如惊涛骇浪般翻腾三分钟后,魏清宇心情颇为复杂地接受了这个事实。随即联想到这几天发生的事——开始跟她谈合作,她干脆利落拒绝且删了他,后来在校招上看到他时,她盯着他目不转睛,校招后,她又厚脸皮重加了他微信主动要求继续合作。

她是为了什么已经不言而喻。

想到此,魏清宇彻底冷静下来。

呸!颜控狗!

啧,真是没想到啊,一个在写文时对男女主角感情的发展写得温馨又细腻的人,在二次元生活中居然这么……肤浅。

还是从小肤浅到大。

魏清宇随手就把对方的备注改为"肤浅的女人"。虽然已经有九成把握知道许浪的动机,但没得到对方亲口承认,差那一成还是不够圆满。

他想要得到那一成的圆满。

魏清宇秒切换回小粉丝模式,乖巧地问:"你找我是遇到什么麻烦了吗?你说说看,我能帮上忙的一定帮。"

浑然不知自己已经被心仪对象唾弃一番的许浪,看到这条回复,

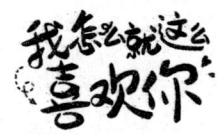

心里是满满的感动。

　　她今年是开了挂吗,喜欢自己小说的读者是个领导,即使现在化身为甲方爸爸,也是可爱又热情的甲方爸爸,最关键的是他还跟自己看上的那个男人是同一个公司的,根据职务推测,两人应该经常来往!

　　对!我遇上了大麻烦!我看上了你们魏总,你可以帮忙牵个线搭个桥吗?许浪在心里大声咆哮,手上却有条不紊编辑消息:"没事,就是卡文了,想找你聊聊天。因为你是我的读者嘛,所以想看看能不能跟你聊聊天之后,写文会有些灵感。"

　　跟他聊天是为了给新文找灵感?难道不是想来打探关于他的情报?

　　魏清宇想笑,真是有点意思,她怕不是以为他是个傻子吧?

　　不过,该配合她演出的他定当竭力配合,他倒要看看她想怎么聊。

　　"这样啊。那你想聊点什么?"

　　想聊什么?想聊魏总!

　　不行不行,时机未到,不能心急!

　　可是除了魏总,她跟他没什么好聊的啊,然而不聊天,又怎么能拉近两人之间的关系呢?

　　许浪想话题想得头都快秃了,也没想到什么好的话题,决定既然因为小说结缘,就从小说开始聊吧。

　　想了想,她问:"你为什么喜欢看我的文?"

虽然魏清宇现在已经知道作者本人是谁，并对她嗤之以鼻，但对于她的作品，还是喜欢的。因此对于这个问题，他还是很走心地回答："喜欢你的脑洞，不狗血。文风也比较大气，整篇描写不过分关注于男女主的爱情发展，而是走剧情线，男女主的感情跟着剧情慢慢变化。而且不管是主角还是配角都刻画得很生动，每个人的故事线都很棒，不为甜而甜，也不为虐而虐，逻辑性比较好。毕竟我是个男读者，即使喜欢看偏言情类的小说，但还是很注重故事的逻辑性了。"

这一大段"彩虹屁"看得许浪有些羞耻，后悔自己选了这个问题，本以为对方会简单说几句，没想到居然这么认真地回复。

这篇小说她一定要更用心去写，来回馈这份喜欢。

"谢谢你的喜欢。我会继续努力的！"

"嗯，期待你这次的作品。"

"好的。谢谢你陪我聊天，我已经有些灵感了，我现在就去写文，争取早日完稿！"

发完这句，许浪立刻翻身下床，打开电脑。

睡什么睡！睡这么早怎么对得起甲方爸爸那一长串的"彩虹屁"和殷切期望！

3.

魏清宇看着最后那条回复有点蒙。

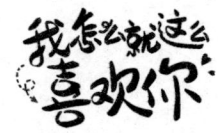

　　这个事情走向不太对啊,这就结束对话了?跟他聊天就是为了听听夸奖?而且,怎么听个夸奖都听出写文灵感了呢?

　　难道是他自作多情了?

　　魏清宇蹙着眉想了会儿,觉得这样不行,他一定要验证他的猜想是对的,不然他今晚都可能无法安然入睡。现下既然敌不动,就我动!

　　许浪刚打开电脑,手机微信提示音就响了。

　　"去写吧,加油!顺便一提,这个项目我们魏总也很重视。"

　　嘭!嘭!嘭!

　　许浪脑海里炸起了五颜六色的烟花!

　　时机已经到了。她对自己说,码字可以稍等片刻,打探军情可是刻不容缓啊!

　　"你说的魏总可是魏清宇?"

　　"对。"

　　"!!!!!"

　　看着这五个感叹号,魏清宇不自觉扬起嘴角,这才对啊。

　　他才不是一个自作多情的人。

　　然而,该演的戏还得继续演。

　　"怎么了?你认识我们魏总?"

　　当然!魏总人又帅又好!许浪在心里咆哮,恨不得拉着对方好好讨论讨论魏总,但思及对面是自己的小粉丝又是魏清宇的下属还是甲方爸爸,多重身份糅合在一起,她还是得背上该有的包袱,矜持地回道:"还好,前些天有幸匆匆见过一面。"

匆匆见过一面?魏清宇嗤笑一声,真不坦诚!明明那天看到他,她眼珠子都恨不得黏到他身上了,真当他没感觉吗?

魏清宇懒得再废话,直接打开相册,挑了一张他近期特别喜欢的照片,发了过去。

这张照片是公司最近做活动需要拍的。照片里的他西装革履地坐在办公桌前,低着头,一手夹着钢笔,一手在翻看文件,神情认真专注,标准的精英模样。最棒的是摄影师找的角度特别好,就在他的斜侧方,尽显他英挺的鼻梁和完美的下颌线。

"那刚好介绍一下,这就是我们魏总,后期你们可能会经常见面,你认下脸。"

我的妈啊!长得好看又穿着西装认真工作的男人真是帅裂苍穹啊!

许浪早在点开原图的那一刹那,被美色冲击到忘了自己姓啥名谁,也不管建国后动物不能成精,此刻她觉得自己就是一只土拨鼠精,只会"啊啊啊"尖叫。

标准一个颜控见到帅哥时的反应。

许浪反反复复看了好几遍才慢慢平静下来,并当机立断把这张图设置成当前聊天背景。

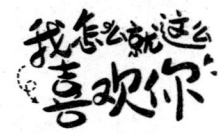

再回到聊天界面时,对方又发来好几句消息:

"怎么样?我们魏总帅吗?"

"你是不是也沉迷在我们魏总的盛世美颜中无法自拔了?"

这种被人看穿的感觉,即使隔着屏幕,许浪仍觉得有些尴尬。

人一尴尬,就容易口是心非,于是许浪说了句让她以后想起来就万分后悔的话——

"没有,我觉得你们魏总长得也就一般。"

4.

已经快一周了,方铭发现自家总裁工作状态很不对,不管是开会还是去他办公室汇报工作,总能看到他露出一副神游天外的样子。

就比如现在,他跟魏清宇汇报最新游戏开发进展,其间故意说错了几句话,对方都毫无反应。

要知道这放在以前,魏清宇早在他出错时就出声打断,严肃批评他了。

方铭看着魏清宇这种看似在认真听报告,实则早已进入发呆模式的样子,内心慌得不行。

莫非公司哪里出了问题,要倒闭了?

根据他搜集来的情报显示,魏清宇最近家庭依然和睦,兄友弟恭,没出什么问题。

感情方面……魏清宇单身狗多年，自他们认识起到现在，他就没见对方跟哪个女性生物走得很近，更别说谈恋爱了。整个人从头到尾洋溢着禁欲气息，对所有想要接近他的女性都避之如蛇蝎，要不是曾玩真心话大冒险时套出来他心里一直有个朱砂痣般的女孩儿存在，他都要开始怀疑……自己的好兄弟其实有心理疾病……

而且那个朱砂痣，方铭也只听魏清宇提起过一次，还是在那次游戏中，但除了知道性别为女、绰号"小番茄"外，其他信息一概不知，这么多年过去了应该激不起什么浪花了。

如果这两方面都没问题，那就只事业这一方面了……

可是近段时间公司没听说有啥大事情要发生啊，员工们的工作状态还是挺好的，退一步说就算真的出了什么问题，他身为股东之一，魏清宇应该早都跟他讲了。

想到此，方铭心不慌了，换成脑壳痛了。

魏清宇回过神就看到方铭坐在办公室沙发上，一脸便秘的表情，一句"你怎么还在这里"正欲脱口而出，忽地想起对方来这里的目的是汇报工作。

而工作内容——他刚老顾着想许浪那事儿就没注意听。

这真的是尴尬了！

魏清宇不自然地清了清嗓子，打算找个理由搪塞过去，顺便让方铭重新汇报一遍。

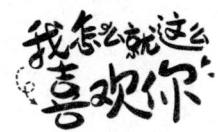

不料,方铭盯了他几秒后,甩掉手上的文件,大步走来,双手撑在办公桌上俯身前倾,小声说出自己最后一个猜想:"你老实说,你这几天精神恍惚,工作也不在状态是不是健康出了问题,得了什么绝症不敢告诉我们,自己一个人强撑着?"

什么鬼?魏清宇愣愣地看着方铭渐渐泛红的眼睛,明白了对方不是在开玩笑,瞬间又好气又好笑。

好吧……还有那么一点点的感动。

"你又在瞎脑补什么啊?"魏清宇推开面前那颗脑袋,"没事赶紧回去工作!"

殊不知这一笑落在方铭眼里就是——患了重病的总裁固执地坚守在自己工作岗位上,被人戳穿后还强颜欢笑独自承受。

这么一想,方铭的眼睛更红了。

十几年的兄弟不是白做的,方铭重新凑近,再开口已带了颤音:"你别笑了。真的,有啥病你说出来。你怕家人担心不敢说出来就算了,在我这里还藏着掖着就过分了啊。有啥困难我们一起解决!"

魏清宇收回心底那丝感动,双手环胸冷眼听着对方的这番话。

啧,好歹是受过九年义务教育,上过重点大学,在公司里还是有头有脸的人了,年纪轻轻的怎么就得了智障这种病?他不就是这几天偶尔走个神,加上刚刚又没注意听他报告嘛,怎么就成了精神恍惚、身患重病了?

"呵。"魏清宇冷笑一声,"我真想把你那狗头打爆看看里面装的是不是都是水。我再说一遍,我身心健康,没得绝症,再问自杀。"

方铭被噎了一下,不服地问道:"那你解释一下为什么这几天你动不动就走神?"

魏清宇沉默了,他有些犹豫到底要不要跟方铭讲一下这个困扰了他几天的问题。

"你快说啊!你不说我又该瞎猜了!"方铭在他耳边不断催促,甚至把之前自己推翻的猜想全都拿出来说了一遍,"难道是你妈开始逼你相亲?我们公司要破产了?你……"

一只鼠标丢过来,方铭闭上嘴快速接住,又在不耐烦的目光注视下笑嘻嘻地放回原位。

"你真不准备解释一下吗?"

魏清宇真要败给他了。

算了,虽然这个问题问一个大男人有点奇怪,但既然方铭好奇,就问问他也没什么。

魏清宇酝酿片刻,抬眼认真看着方铭,轻声问道:"你觉得我长得帅吗?"

"……"

齐晟推开总裁办公室门看到的就是这样一幅场景:

魏总端坐在总裁椅子上,脸黑得像夏天暴雨即将来临的天,而他

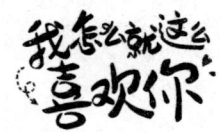

的好兄弟方总则是站在办公桌前低着头,神色不明。

就算再迟钝的人也能感受到在这之前两人肯定闹了不愉快,特别是魏总,现在心情应该特别不好,等会儿他说话做事都要更小心点才行。

方铭见齐晟拿着文件夹进来,打了声招呼,去沙发上拿了文件就往外走。

在办公室门关闭前一刻,门缝间又显露出方铭的脑袋。他笑眯眯地冲着魏总方向说了一个字:"帅!"

回应他的是刚刚还在齐晟手上的文件夹。

齐晟:发生了什么?感觉今天魏总好可怕!

他下意识地去看魏清宇,果然,魏总的脸更黑了。

魏清宇:"我要你打印的合约呢?"

齐晟回头看着躺在门脚下的文件夹,小跑过去。

"抱歉,刚不是故意的。"魏清宇打开文件夹。

他大概是被方铭传染了才想着问方铭自己帅不帅,想到方铭起初震惊后来狂笑最后艰难憋笑的模样,捏着文件的手上力度都加大了几分。

看完合同确认没有什么问题后,他把合同递给齐晟:"我等会儿微信发你地址,你以你自己的名义把这份合同寄过去。记住,这件事不能让任何人知道。尤其是方总!"

齐晟低声应道:"好。"转身迅速逃离这片低压区。

待齐晟出门之后,第一件事就是掏出手机在名为"魏总观察所"的群里发布最新消息:

"今日魏总易燃易爆,诸位行事多加小心。"

5.

周五,开完教师会议,余曼青回到办公室放下笔和本子,和其他老师打了招呼,就挎起背包往外冲。

她今晚又和许浪约了火锅。

许浪是个火锅狂魔,以前在学校时,每周必拉着她去校外吃一到两次火锅。最气人的是许浪偏偏是那种不长痘的体质,不管怎么吃辣或者烧烤啊油炸类这种易上火食物,余曼青从没见她脸上冒痘。

而她,却是相反的那类人。就上次晚上才和许浪一起吃完火锅,第二天早晨醒来,她就发现自己嘴唇旁边冒了两颗小痘,害得她又是涂芦荟胶又是天天菊花茶喝着,才勉强没让它长大。

所以知道这次又是火锅,余曼青的内心是十分拒绝的,然而想想刚好可以趁此当面拯救那个因为颜控即将沦为失足老阿姨的好姐妹,痘痘又算得了什么呢?大不了吃火锅的时候多点几罐某某牌凉茶吧,反正这顿是许浪请客。

这大概就是感天动地的金刚钻姐妹情吧!

时逢下班高峰期,等余曼青赶到时,已经是一小时后了。

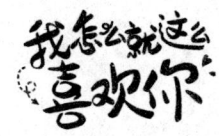

余曼青刚一落座,就听对面许浪说道:"快!快去给我的朋友圈最新一条动态点赞!"

与此同时,手机"叮咚"一声响,余曼青一看,"谁先脱单谁最美"群里冒出同一串文字。

咦?等等!群名不是"谁先脱单谁是狗"吗?什么时候改的?

"你先别说话!来,先喝口水润润桑!"许浪看余曼青动了动嘴,立刻把她面前的杯子添了水再递到她嘴边,然后顶着对方嫌弃的目光,辩解道,"其实我这一举动是善举!绝不是在暗示我即将脱单!你看啊,我们这个群名存在多久了,至少有五年了吧。你说我们三个人长得都不丑吧,个个算得上人中龙凤了,但是为什么一直没有对象呢?

"我这几天想了想,或许问题就出在这个群名上。谁先脱单谁是狗潜移默化地影响了大家的思维,默认为我要脱单了我就要变成狗了,所以都快五年了,没一个人脱单。而且还沦落到现在被家长逼着相亲、催婚的地步,对不对?所以我刚刚修改了群名,就希望大家都能积极一点,早日找到那个对的人。嘿嘿,你现在是不是被我的机智折服,特别想夸夸我啊!"

余曼青:我不仅不想夸你,还想喷你一脸水让你醒下脑!

许浪静等了一会儿,见对方没有丝毫要夸她的趋势,便收起傻笑,岔开话题。

"不夸我算了!快去给我朋友圈点赞。这家店新开张,朋友圈配图带定位集齐18个赞，等会儿买单就能打88折了。你不能在言语上使我愉悦，就在钱财上让我快乐一下。"

余曼青翻着白眼在她那条朋友圈下狠狠点了赞，补齐最后一个赞。

许浪收到提示，满意地点点头并给对方夹了一大块麻辣牛肉。

余曼青吃到肚子微微有些撑时才想起来从她落座到现在基本没说几句话，一直都是许浪在叽叽喳喳说工作和生活中遇到的各种奇葩事。

她就边静静听着许浪的吐槽，边沉浸在火锅的美味中！

真是太大意了！她差点都忘了此次赴约的主要目的不是火锅！

擦擦嘴，喝几口凉茶润润嗓之后，余曼青翻开相册，找出一张照片递到许浪跟前，问："先别吃了，看看这个男人帅不帅？"

许浪忙把吃了一半的牛肉一口塞进嘴里，腮帮鼓鼓地抬眼看去。

嘿，还挺帅的啊！剑眉星目，一身白色古装，犹如古代翩翩少年郎。

牛肉涮得有点老，嚼起来很是费劲儿。

不能说话的许浪只能疯狂点头以示肯定。

"你也觉得帅吧！他是挺有名气的一个动漫爱好扮演者，上个月被曝出脚踩两只船，对象还都是自己的女粉丝。"为了更有说服力，余曼青手指往右一划，"八一八XX脚踩两只船"的帖子截图映入眼帘，配图赫然就是那个少年郎。

许浪一脸蒙地看着余曼青。

"你再看这个男的，好看不？"

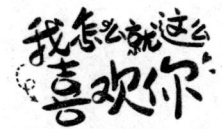

哇！这个比刚刚那个帅啊！短寸头，浓眉大眼的，一身牛仔服，脚踩高帮靴，即使隔着屏幕，许浪都能感受到他浑身散发的雄性荷尔蒙。

许浪再次疯狂点头。

"这个也很帅吧！他是一个男模，但上上个月被曝出婚后出轨，对方是某女演员。"

同样的，下一张图就是"震惊！知名国际男模居然做出这种事"，配图是狗仔拍的男模和某女演员搂抱在一起的照片。

许浪又一脸蒙地看着余曼青。

"来看最后一个男的，你上大学那会儿还很喜欢看他拍的电影，就你觉得他穿白大褂特别有禁欲气息的那个演员。你现在还觉得他帅吗？"

我的天！虽说岁月是把杀猪刀，但在他身上完全不体现。反而经过岁月的磨炼，他的身上更添一份厚重感，就像一块古玉，更温润一些了。

许浪当时特别喜欢他，后来因为他结婚后不怎么拍戏才渐渐没再关注。

问她现在还觉得帅吗？这不是送分题吗？

许浪疯狂点头。

"啊，但他上上上个月被曝出经常家暴，不信给你看他老婆的置顶微博。"微博截图第一句就是"我受够了家暴，这次我要勇敢发声"。

许浪再次一脸蒙地看着余曼青。

"你这是在干吗?让人摸不着头脑。"

"我是在用现实例子告诉你你认为长得好看的男人大多不靠谱!你快醒醒吧,别搞什么一见钟情,两见倾心,三见生死相随。"

"我不是!我没有!我……"许浪突然噤声,目光直愣愣盯着门口方向。

余曼青顺着她的目光看过去,只见两个长相英俊的男人,一个穿着黑色衬衫一个穿着浅蓝色短袖,两人和服务员一起站在门口四处巡视,估计是在等空位置。

她不感兴趣地收回目光,就见许浪不知何时拿起了菜单遮遮掩掩地看着门口两人。

余曼青扶额,真的不想承认这是自己玩了近十年的好姐妹啊!

余曼青一把扯过她的菜单:"欸,我说你能不能别这么丢人啊,想看就大大方方看呗,这样畏畏缩缩、遮遮掩掩的显得你特别猥琐。"

"你小声点!"许浪竖起食指放在嘴唇上轻"嘘"了声,"就门口那个穿黑衬衣的就是我之前跟你说的颜好品也好的男人。怎么样,很帅吧?"

闻言,余曼青又扭头看了一眼,着重看了那个穿黑色衬衣的男人。

头发干净利落,领口微敞,衬衫的袖口向上卷至小臂中间,皮肤比一般男生稍白一些,五官很立体。许浪没说错,他是一个很养眼的

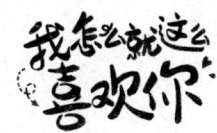

男人。

但看对方的气质以及右手腕上戴的昂贵手表,就能猜出对方非富即贵。

再看看自己的小姐妹,只有不说话时才会让人感觉是美女。

都说真正的美女是静若处子,动若脱兔。到这位身上,就立马变成静若脱兔,动若脱缰的野马。一张口那股又逗又欠揍的气息就扑面而来,哪还会有人注意她的美呢?

尤其像那种男人,看起来就是不苟言笑的高冷男神范儿的,怎么可能喜欢自己身边有这么一个欢脱得过了火的女朋友呢?那不是纯粹给自己心里添堵嘛。

怎么看许浪都不会成功。

"我们赶紧走吧。"许浪站起身,"我们斜对面那张桌上的人走了,估计他们等会儿该坐这儿了。"

她找到钱包抽出几张毛爷爷,向收银台走去:"我先去结账,你直接在外面等我。"

6.

等安排好座位时,魏清轩已经饿得前胸贴后背了,先猛灌几杯柠檬水垫垫肚子,缓了一会儿才开始点单。

"你想吃点什么?"魏清轩问哥哥。

"随便,你看着点吧。"语气十分敷衍。

魏清轩毫不客气选了许多自己爱吃的菜品,然后交给了服务员。

坐在对面的魏清宇仍在东张西望。

"你在看什么?"魏清轩好奇地问。

他哥哥今天怪怪的,自打进了这家火锅店,脑袋就跟墙上那移动摄像头似的,来回转动,不知道在看什么。

"没什么。小孩子,不该问的就别问。"又是敷衍。

呵呵,不问就不问,有什么了不起的。

魏清轩觉得哥哥怪怪的,晚上他买了一堆食材去哥哥家,准备跟哥哥增进一下感情,毕竟哥哥在成立公司后就单独从家里搬出去住在公司附近。他现在在自家娱乐公司上班,平时公司还有父亲掌握大权,基本没他啥事,所以母亲就经常嘱咐他没事多去哥哥的公寓联络联络感情。

他今晚的计划就是吃一顿哥哥做的美味大餐,然后两人坐露天阳台上吹着风看着月亮聊聊家常,然后差不多时间了他再玩几局游戏,想想都觉得这该是多么美好的夜晚啊。

结果,哥哥刚做好一个菜就关火,不由分说地拉着坐在沙发上打游戏的他出门。

说是想吃火锅了,还不挑个近的地方,开四十多分钟车程来这家刚开张的火锅店。

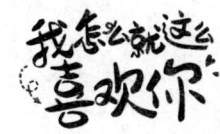

莫名其妙。

火锅沸了,魏清轩抄起大盘肥牛卷就往锅里下。

魏清宇低头看着手机上刚收到的微信消息。

【肤浅的女人】:"方总,我刚刚在火锅店遇到你们魏总了!"

魏清宇轻笑一声,回道:"不可能吧,这么巧?"

【肤浅的女人】:"真的!我还偷拍了照片,我发你,你看看这是不是你们魏总。"

魏清宇看着许浪发来的偷拍照,估计是偷拍的人手抖了一下,那张照片糊得都看不出他英俊的面容,太不专业了!

"是他!那你没上去打个招呼吗?"

【肤浅的女人】:"没有,场合不合适。我那会儿刚吃完火锅,嘴唇辣得通红,满面油光,浑身还散发火锅味,这种形象怎么能见魏总呢?尤其他们即将坐我们斜对面,所以我就先走了。"

魏清宇看了眼斜对面的桌子,想着不久之前那个肤浅的女人就是坐在这里举着手机偷拍他,那场景怎么想怎么觉得搞笑。

他不由得笑出声。

嘴里叼着肉的弟弟看着对面对一张空桌子露出谜之微笑的哥哥,暗自思索过两天是不是得去隔壁山上的寺院里拜拜,为哥哥求道辟邪符。

这样的哥哥太奇怪了。

"喂——"魏清宇踢了下弟弟的脚,"先别吃了,把嘴擦擦。我问你,你觉得我是一个什么样的人?"刚刚许浪问他是什么样的一个人。他实在不好意思自夸,就想在弟弟这里找答案。

哈?魏清轩看着哥哥,其实他已经开始怀疑这不是他哥哥了,是不知名侵入者侵占了他哥哥的身躯,企图取代他哥哥,怪不得他哥哥最近古古怪怪的,上次去哥哥公寓,他还被粗暴对待。

看来,去寺院求符不能再等了,明天早晨他就去!

见弟弟的表情越来越奇怪,魏清宇知道弟弟又在胡思乱想了,又加了力度踢他一脚:"问你呢!别愣着,快回答我的问题。"

魏清轩拍拍裤腿,小声嘟囔:"暴君!"

"你说什么?声音大点,我刚没听到。"

"我说——"

"咳咳!"魏清宇打断他,缓缓喝了一口水,"你可要想好了再说啊。你上次跟那个谁……好像是陈渺吧,一起去赛车结果差点出车祸的事我刚刚突然想起来,不知道应不应该给咱妈讲一下。你说呢?"

这是亲哥吗?这分明就是魔鬼!

哼!

魏清轩说:"我说你是一个英俊潇洒、心胸开阔、成熟稳重、万里挑一的好男人。"

魏清宇满意地"嗯"了一声,从锅里捞了一片烫熟的肥牛卷放到

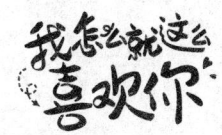

弟弟碗里,温柔道:"不愧是我从小疼到大的弟弟,来,多吃点,今晚哥哥买单。"

魏清宇看着埋头吃肉的弟弟慈爱一笑,然后把弟弟的答案稍微扩充了一下发给许浪——

"我们魏总是一个特别好的人。首先从颜值上来说,英俊潇洒;其次从性格方面来说,成熟稳重;然后从做事态度来说,心胸开阔。综合来讲,魏总就是万里挑一的好男人。"

【肤浅的女人】:"……"

第四章
爱情就像龙卷风

1.

翌日清晨，许浪是被"砰砰"的敲门声和渺渺的叫声吵醒的。

彼时，她正梦到自己在某个活动现场被抽中可以上台与爱豆陈渺握手合照，她在众人艳羡的目光中一步步走到陈渺面前，陈渺面带微笑地朝她伸出手。她拼命压下内心尖叫，颤颤巍巍地伸出手，就在两只手快要相碰之际，那敲门声响起，紧接着就是渺渺的"汪汪"声。

我怎么就这么喜欢你

即使她用枕头捂住耳朵都不行,门外那人太锲而不舍了。

美梦续不上了,许浪烦躁地一把掀开盖在身上的毛毯,迷迷糊糊地往外走。

渺渺看许浪出来,摇着尾巴跟在她后面。

"谁啊?"许浪站在门后语气不善。

"我。"

清冽的声音,是沈一川。

许浪一下子清醒了,迅速打开门。

刚才嚣张的气焰在看到沈一川时消失得无影无踪,反而换上笑脸:"哥!你怎么突然来了?"

"突然?"沈一川冷哼一声,"你是不是忘了今天是什么日子?"

"什么日子?"许浪喃喃自语,"6月1号,周六,儿童节啊。"

许浪不解地看向他。

沈一川面无表情地回看她。

难道她说错了?

许浪心虚地移开视线,在看到沈一川脚边巨大的登山包时,记忆被唤醒。

她拍了下自己的脑门:"我想起来了!哥,你快进来坐,给我最多半小时时间收拾一下,我们就走!"她说完迅速转身飞奔进卧室换衣服。

沈一川喜欢爬山，工作后加入了一个俱乐部的群，里面经常会有人组织去徒步，沈一川参加过几次感觉还不错。一个月前，群里又有人组织去附近的雁鸣山徒步，沈一川事先做过攻略，雁鸣山向来是徒步者必打卡之地，风景优美，危险系数也不高，想着许浪之前看到他发的徒步照片各种羡慕，就问她要不要去体验一次。

许浪那时正处于写《三生》的灵感枯竭期，想着出去走走说不定灵感就爆棚了，于是答应了。结果后来《三生》提前写完，又签了约，这几天不是在写稿就是跟甲方爸爸聊天套套话什么的，早都忘了这回事。

"哥，你昨天应该提醒我一下的，我也好早点准备，免得让你等。"许浪边往背包里塞东西边说。

"我昨晚九点多给你发了微信，没回。打了三个电话，没接。"沈一川讥笑着说，"你觉得我还要怎么提醒你？靠心电感应还是意念传话？"

昨晚许浪回到家，就直接开电脑码字了。前两天刚签了甲方爸爸寄来的纸质合约，合约上规定了自己每周六至少得向甲方爸爸交一章内容，这对懒散惯了的许浪来说是不小的挑战，因此为了保障每周能交上稿，防止自己一不留神就被手机那个小妖精勾引，码字的时候她狠心把它开了静音锁进抽屉里。等到写完，已经差不多深夜了，手机已经过了定时关机的时间，她懒得再开机，就直接洗洗睡了。

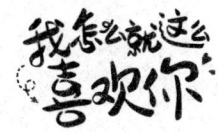

自知理亏的许浪不好意思地笑了笑，加快手上的动作。

看着许浪来回忙碌的身影，沈一川脸上露出一抹宠溺的微笑。

这场景仿佛回到了上学那会儿。他和许浪八岁就认识，然后在许浪"暗算"下结拜成了兄妹，自此他身后多了块甩不掉的牛皮糖。后来上了初中，那时他们刚搬到许浪家隔壁那栋楼，被许浪知道后就嚷着让他每天去她家喊她上学。女生都喜欢赖床，许浪也不例外。于是每天早晨，他到达许浪家，总能看到许母边吃饭边数落许浪，而许浪就在屋里来回跑着收拾书包。

永远都是毛毛躁躁的，让人放不下心。

"我收拾好了，我们走吧！"许浪背着双肩包站在沈一川面前。

她今天扎着高马尾，穿着明黄色中袖T恤，黑色的运动长裤，青春又活力。

"带长袖外套了吗，晚上山上可能会有点冷。"

"带了！我好歹也做过攻略，该带的都带了，你放心吧！"

"那我们赶紧走吧，九点山下客栈集合。"沈一川转身先走。

许浪蹲在渺渺面前，摸着它的头柔声道别："妈妈要出去两天，等会儿你余阿姨就来接你去她家，你可要乖乖的啊。"

"汪汪！"

见渺渺答应，许浪又恋恋不舍地抱了抱它才走。

2.

徒步小组加上他们一共五人,待他们到达客栈,其他人都已到齐。

组织者也就是这次徒步的领队老李远远看到沈一川带了个白净漂亮的女孩子,眼睛都亮了。

老李是那个俱乐部群的群主,组织了许多徒步活动,沈一川经常参加,两人因此熟识。

在老李眼里,沈一川特别稳重,待人谦逊有礼,遇事沉着冷静。如果有什么缺点大概就是话太少了,一路下来他很少听到沈一川讲话,但遇到什么困难沈一川又会第一个站出来想办法解决。几次徒步下来,老李特别欣赏沈一川,在得知沈一川还单身时,还想着把自己女儿介绍给他,但都被婉拒了。

这次活动,沈一川跟他讲想带个朋友一起,他还以为是男生,没想到居然是个女生。

怪不得拒绝介绍,原来是身边已经有人了啊。

"沈一川,在这里!"老李挥手喊道。

待他们走近,老李又细细打量一番许浪,这姑娘长得真是好看,跟沈一川站一起还蛮搭的。

"沈一川,你们终于到了啊,我们可等你很久了啊!"老李指了指他身后的人。

"对不起,路上有事耽搁了会儿,让你们久等了。"沈一川诚恳道。

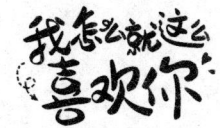

　　被什么事耽搁，罪魁祸首许浪心知肚明，她也不好意思地笑着附和："对不起，让你们久等了。"

　　"没事，没事。"老李笑着摆摆手，视线落在许浪脸上，"沈一川，你不介绍一下你旁边这位美女是谁啊？"

　　沈一川正欲开口，许浪率先挥着手自我介绍道："你们好！我是沈一川的妹妹，许浪！"

　　妹妹？可他看沈一川瞅这姑娘的眼神可不像看妹妹啊。

　　老李玩味地笑了笑，打算有时间好好跟沈一川聊聊。

　　"你好，我是这次领队老李，你可以叫我李哥。后面那几位，是小张和他女朋友小刘。我们经常一起出来徒步，人都不错，很好相处的。"

　　许浪顺着他手指的方向看过去，笑着一一跟对方打招呼。

　　她笑起来眉眼弯弯特别甜，声音也清脆悦耳，不只是老李，其他两人对许浪的印象分也都噌噌往上涨。

　　出发前，老李先讲了下这几天的行程和注意事项，然后走到前面招呼大家跟他走。

　　许浪兴奋地掏出手机原地旋转180度先拍了几张留着回去发朋友圈，再转身就看到沈一川拿着一根竹竿棍走过来。

　　"你买这个做什么？"

　　"登山棍，等会儿上山会用到。"沈一川解释道。

　　"让我拿着！"许浪拿着登山棍就开始模仿《西游记》里孙悟空

转金箍棒的姿势,"快看!我帅不帅!"

沈一川被她的孩子气逗得翘起嘴角:"很帅!"

老李回头就看到这一幕,顿时笑得宛如一个老父亲。

"沈一川、许浪,你们两个别落队了,快跟上!"

"来了!"许浪彻底放飞自我,飞跑过去。

沈一川也大步跟上。

进入青鸣山,许浪就蔫了。

青鸣山没被人开发,植被茂盛,上山只有一条小道,道路蜿蜒向上,崎岖不平。许浪平时很少运动,一条路才走了三分之一,她已经开始腿脚发软,气喘吁吁。

沈一川看许浪这副样子,知道她体力快透支,开口对前面喊道:"我们停下休息会儿吧。"

老李停下看了眼许浪,点头应允:"那我们坐路边石头上休息半小时吧。"

许浪挑了块大平石,卸下背包一屁股坐下。

"来,喝点水。"沈一川从背包里掏出一瓶水递给她。

许浪接过水拧开瓶盖就往嘴里大口大口地灌。

"你慢点,别呛到。"

"谢谢你。"半瓶水下肚,许浪才好受些。

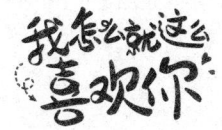

沈一川又递过来一块巧克力:"补充下能量。"

许浪剥开糖纸掰了半块塞进嘴里,巧克力独有的甜腻味令她皱了皱眉。

缓了十分钟,许浪才感觉自己又活过来了,开始环顾四周。他们旁边就是一大片竹林,竹子很高,阳光在地上投下不规则的光斑,偶尔有风吹来是沁人的凉爽。

一直在城市待着的许浪很久没有呼吸过这么清新的空气,她干脆躺在平石上,双手交叉垫在脑后,闭上眼享受这份大自然带来的天然的惬意。

沈一川看了一会儿许浪,站起身去远一点的地方点了一根烟。

"你喜欢那姑娘吧。"老李走过来与他并肩而立,手里也夹着一根烟。

"她是我妹妹。"沈一川淡淡回道。

"妹妹咋了,又不是亲的。"老李缓慢地吐着烟圈,"我能看出来你在她面前是不一样的。而且那姑娘不错,长得好看性格也好。你看这一路上她跟小张那女朋友一起聊得多开心。我觉得吧,人活一世,别太压抑自己。你要真喜欢,就该去试试。这次徒步对你来说,也许是个不错的机会,你可要好好把握啊。"

沈一川没作声,不知在想什么。老李看他一眼,知道自己说到这里就差不多了,毕竟是别人私事,也不好讲太多。

老李又吸了口烟，换了话题："我刚看了下足迹，到第一个目的地大约还要五个多小时。接下来要过一个陡坡还要走一小段陡路，不太好走，我看许浪体力好像不是太好，你等会儿多注意下她啊。"

"嗯，好。那我先过去了。"沈一川掐灭烟，转身往回走了几步又停住，扭头认真地道谢，"谢谢李哥。"

休息得差不多了，沈一川走过去轻轻碰了碰许浪："起来走了。"

许浪猛地坐起来，蒙了片刻才想起来自己方才竟然在石头上睡着了。

眯了一觉，许浪犹如加了血包，一路精神抖擞地哼着小曲。

很快就到了老李说的艰难路段。先是陡坡，这个小土坡不算太高，但坡度几乎快90度，坡上有几棵光秃秃的小树干可供人拉着往上爬。老李带头先上去，沈一川第二个上去，紧接着是小张和他女朋友，最后才是许浪。

许浪一只手拉着树干，一只手把登山棍狠狠扎进土里，然后艰难地往上爬。沈一川把背包卸了放在一边，过来弯腰把手递过去想在最后拉许浪一把。

到最后一点距离，许浪一手扶着树，另一只手先把登山棍递给沈一川，沈一川接过扔在一旁。许浪右手握住沈一川的手，左手松开树，只要再一使劲儿就可以到路面上，谁料使劲儿的时候她右脚突然滑了一下，整个人往下坠，不只是她，连带着沈一川也往前栽。所幸老李

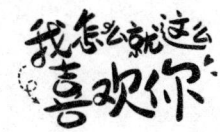

一直在旁边盯着,眼疾手快地拉住了沈一川,待许浪右脚踩稳后狠狠往上一提,才爬上来。

五人都出了一身冷汗。

要不是老李反应快,估计两人都要受很重的伤。

"对不起。谢谢李哥。"许浪情绪低落,她这一路上似乎总是在拖后腿。

"没事。出来徒步总会有各种意外情况发生,大家互相帮助是应该的。"老李笑了笑,"你别放在心上,接下来还有一小段陡路要走,你多注意安全。"

沈一川重新背上包走过来安慰性摸摸她的头:"还好你没事。"

接下来那段路特别狭窄,五人依次排列着走。沈一川怕许浪再脚滑,干脆直接走在她前面然后牵着她。

许浪手突然被握住有些不自然,本能地想抽回手,沈一川加大力度没让她挣脱。

"别乱动,专心走路。"沈一川沉声说,"这段路陡,看好脚下的路。"

直到路面再次变宽,他才慢慢松开手。

3.

不同于许浪那边的艰难和危险,魏清宇的周六生活很是优哉游哉。

清晨起床,魏清宇先是去晨跑,然后回来自己做了早餐,吃完处理完日常工作，又健了会儿身之后，他来到阳台的老爷椅上躺下，打开手机，登上微信，准备看许浪发给他的新章节。

许浪的这篇小说叫《青霜》，讲的是一个女兔妖和男神仙的爱情故事。魏清宇看了几章，文风依旧，而且剧情比以前的更复杂了，看起来十分有趣。每每收到许浪发过来的文，沉浸在她编织的故事情节时，魏清宇就会完全开启小粉丝模式，只想为作者疯狂打call，完全忘了这个作者是对他有非分之想让他特别看不起的肤浅女人。

他怀着期待又喜悦的心情回到微信，消息瞬间"99+"，而这"99+"的消息却没有一条是许浪发来的。

对话框里，他们的最后一条聊天消息还停留在昨晚许浪发的省略号上。

难道许浪还没写完要晚点发？

"大大别忘了今天交新的章节啊。"

发完消息，魏清宇登上某文学网站APP，新的看不了那就再看一遍《三生》解解馋吧。

魏清轩伸着懒腰走出卧室就看到自家哥哥躺在阳台的老爷椅上，对着手机一脸痴汉笑。

原来工作狂哥哥还有这样不为人知的一面啊。

这是在干吗呢？魏清轩站定仔细观察。

他手指没有打字的动作只是左右划动，基本可以排除跟人聊天的

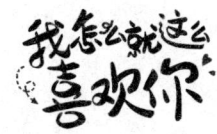

可能性。

应该就是在翻看什么东西。

可是,在翻看什么能让一个二十五岁的大龄单身男青年露出痴汉笑呢?

有趣新闻?不可能!哥哥看新闻向来只看国际财经或者跟公司相关的新闻。

搞笑微博段子?那也不可能啊!如果是微博手指应该是上下滑动的啊。

"名侦探工藤新魏"摸着下巴思索了会儿,一个大胆又有点猥琐的猜测在脑中浮现。

毕竟哥哥也是血气方刚的成年男人了,看些小黄图也是很正常的,只是这千年难得一见的场面一定得录下来留个纪念啊。

经过昨晚一事,魏清轩已经深刻明白一个道理:

今日留得一证,日后才好谈判。

魏清轩摸出手机,打开录像功能,轻手轻脚走过去。

五米……三米……一米……

"欸?你居然在看小说?"魏清轩惊诧地问。

完全沉浸在另一个世界的魏清宇听到背后声音,吓得手一哆嗦。

"啪叽!"手机掉下来直砸在他鼻子上。

我的天!看着都疼。

魏清宇眼里瞬间弥漫水汽。

肇事者快速收起手机，拔腿就跑。

"魏——清——轩！"

身后传来怒吼，魏清轩捂着耳朵，给自己催眠他刚在梦游不关他的事。

可是有古话说"是福不是祸，是祸躲不过""躲得了一时躲不了一世"，更何况这是在哥哥公寓，哥哥拥有每间房子的钥匙。

魏清宇捂着鼻子红着眼睛怒气冲冲打开房间门。

魏清轩慵懒地从被窝里翻了个身，然后缓慢地坐起来扒拉着那头乱糟糟的头发，睡眼蒙眬地问："哥，几点了啊，早饭做好了吗？"

这估计是下一个奥斯卡得奖者吧？

魏清宇冷笑着一步步走近。

魏清轩还在继续惊讶："欸？哥，你眼睛怎么——啊！"

魏清宇不再给他开口的机会，直接扑过去把弟弟用被子捂住压在身下，跟他来了一场亲密有爱的兄弟互动。

晚上九点，山上温度骤降。许浪穿着长外套钻在睡袋里还是冻得直发抖。

"许浪，你睡了吗？"帐篷外传来沈一川的声音。

"还……还没呢。"

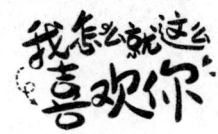

"那你把帐篷打开一下。"

许浪直接裹着睡袋挪到帐篷门口处,拉开拉链。

一件厚实的军大衣扔在她身上。

"我刚去前面的庙里租了件大衣,你穿上暖和一些。"

他们现在所在的位置是在一个景区的山顶小广场上,周围搭满了帐篷,不远处有一个小寺庙,里面有一些空房可以供夜宿的客人住,但相对的是,价格也比较昂贵。

沈一川本来想给她订一间,奈何他们上来得有些晚了,房间早就被订完了,甚至连被子都被租完了,不过还好还有厚实的军大衣可以租。

穿上军大衣,许浪才感受到些许暖和,再躺到帐篷里,在外面各种交谈声中很快就睡着了。

不知过了多久,许浪被尿意憋醒。她凝耳听了下外面的动静,只有风吹动帐篷哗啦啦的声响,想到去厕所还得去寺庙旁边,现在又只有她一个人。她重新闭上眼,想要忽略这种感觉。

翻来覆去……覆去翻来……根本忍不住啊!

摁亮手机屏幕,时间居然才过去三个多小时,离天亮还早着。

认命吧,这个厕所不得不上!

默念几句"阿弥陀佛""佛祖保佑",许浪十分不情愿地爬起来,钻出了帐篷就着明亮的月光开始穿鞋。

"许浪?"对面沈一川帐篷突然亮起了手电筒的光。

许浪心惊跳几下，又瞬间安心："嗯。哥，我想去厕所。"

对面的人沉默几秒："你害怕？"

"有点。"许浪不好意思地承认。

"等我一会儿，我穿个衣服。"帐篷里响起窸窸窣窣的声音。

没几分钟，沈一川穿着冲锋衣也从帐篷里钻出来了，从口袋里摸出金丝边眼镜戴上。

许浪很少见他这副模样，平时严肃又毒舌的一个人，戴上金丝边眼镜居然抹去了周身的凛冽之感，反而平添几分温柔和……禁欲的气息。

沈一川走了几步发现许浪还站在原地没有动，回头疑惑地问："站在那里干吗？走啊，尿憋久了对膀胱不好。"

居然看自己的哥哥看呆了！这也太花痴了吧！许浪在心里狠狠唾弃自己，脸上的温度却渐渐升高。

寺庙旁边的厕所特别简陋还没有灯，许浪开了手机的手电筒功能站在门口照了一圈，没有别人。

害怕的感觉又涌上心头。

"沈一川！"连哥也不喊了，直呼其名。

"我在。"外面传来令人安心的天籁之音。

"厕所没人，我害怕。你……你别走太远啊。"

"好。"

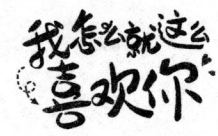

不一会儿。

"沈一川,你还在吗?"许浪又喊道。

"我还在,怎么了?"

"我……我……害怕得尿不出来……"什么羞耻心都顾不上了。

沈一川突然不知道该怎么接话,过了会儿,他轻咳一声,道:"要不……我给你吹口哨?"

"别吹!会招毛毛虫!"许浪到现在还记得小时候大人讲的故事,人吹口哨就会引来许多毛毛虫,小时候也不知道是凑巧还是别的,有次她不信特意趁父母不在家偷偷吹了口哨,然后晚上就听到赵女士讲家里的阳台上怎么又落了几条毛毛虫。

自此,她再也没吹过口哨也特别反感别人吹口哨,即使后来长大了,知道这是假的,家长骗小孩儿的,但她心里还是坚信这是可能发生的事件。

"你就给我唱首歌吧。"许浪提议,"我要那种舒缓型的。"

"好。"沈一川翻了下手机里的歌单,轻轻哼唱了他最近单曲循环的一首英语歌。

"So this is love / In the end of december/ Quiet nights / Quiet stars / And I'm here / Monday to sunday……"

与平时说话声音不同,沈一川刻意压低了声音,低沉有磁性,在这寂静的夜晚格外撩人。

一曲快结束,许浪才疾步走出来,边走边擦手上的水:"我好了,我们走吧。"

"你现在还很困吗?"沈一川问。

许浪摇摇头:"早都不困了。刚出帐篷被风一吹就清醒了。"

沈一川从裤兜里摸出烟盒,抽出一根放在嘴里,没有点火:"那就陪我聊会儿天?"

"好啊。"

沈一川走到寺院前面围栏处,背倚着栏杆,问:"介意我点这烟吗?"

"你抽呗,我对烟味不过敏。"

沈一川点上烟,吸了一口,抬头看着月亮。

大约因为今天是农历十六,月亮又大又圆,明晃晃地挂在天上,像一个巨大的电灯泡。

"今晚月色真美。"他突然说。

"对啊,月色真美。话说我很久都没有这么放松过了。虽然路上我总是问题不断,但还好有你们,特别是你,一如既往的细心啊。跟着你出来玩,我基本都不用操心,还见到了很多美丽的风景。这次经历对于我来说特别难忘,等我回去一定要发朋友圈写个1000字小论文。然后等我老了,就翻出来回顾一下,还可以给我的孙子孙女再吹嘘一次。嘿嘿!"许浪说了很多。

我怎么就这么喜欢你

沈一川歪着头静静看着她,长长的军大衣把她裹得像只熊。她说起这些时脸上笑嘻嘻,手上时不时还比画着,显得滑稽又可爱。

他好想抱抱她,好想……把下巴轻轻放在她头顶上跟她说他喜欢她,不想做她哥哥了。

他们有最完美的情侣身高差,却不是情侣关系。

"许浪。"

"啊?"她回头看他,眼睛亮晶晶的。

"我……你……"他还是开不了口。

明明连他要说什么都不知道,许浪就已经紧张得不行了,就好像是考砸了回到家看到父亲,心脏怦怦跳。

"我听曼青说你最近对一个陌生男人一见钟情,是真的吗?"

呃……这要怎么解释呢?她斟酌着用词,对着余曼青,她可以嘻嘻哈哈,但对着他不行。

"其实……也不算是陌生男人。他是之前找我合作的读者的老板。人长得是我喜欢的类型,人品也不错。你看,有时候啊,爱情来得太快就像龙卷风,我看他第一眼就决定要追他。"

"你跟他有直接接触过吗?"

"有过一次……"许浪声音渐渐小下去,"但能感觉得出来人是真的很好。"

为了证明,她把那天校招会上的所见所闻完完整整说了一遍。

"你看,对普通员工都这么体贴的老板人品会坏到哪里去呢?而且不只是那几个女生,还有我那个读者都在我面前夸过他。特别是那个读者,每次我提起他老板,他都跟个小迷弟似的吧啦吧啦说一堆。"许浪仰头看着他,"你放心吧。我虽然颜控但也不是个太冲动的人。你看这么多年我遇到过的帅哥没有一百也有八十,我有主动追求过谁吗?他还是第一个呢。"

"你喜欢他吗?"他不想听她说什么长篇大论,直接问最关键的问题。

"呃……"许浪沉思几秒,认真道,"太热烈的喜欢还达不到,现在只是有好感。不过有好感对我来说就够了,至少他让我想要去主动接近。而且说来也很奇怪,看到他第一眼我有种很特别的熟悉,就好像以前在哪儿见过,但我想了很久都没想出来在哪儿见过。"

"熟悉感?你以前每看到一个帅哥都这么说。"沈一川讽刺道。

"不一样。"许浪争辩,"之前的都是瞎编的,嘿嘿。但这个是真的。"

沈一川没接话,只是沉默地看了她好一会儿,久到许浪心又紧张地开始怦怦跳,他才转过头吸完最后一口烟。

掐灭了烟头精准无误地丢进附近的垃圾桶里,他声音淡淡地说:"不早了,我们回去吧。"

许浪长舒一口气,跟在他后面。

重新躺到帐篷里,许浪闭上眼酝酿着睡觉情绪,突然想到一件很

我怎么就这么喜欢你

重要的事还没做,惊坐起来。

呀!完了,她忘记给甲方爸爸传这周写的章节了!

她晚上写完之后想着第二天起来再修改一下发过去。

现在手机里也没备份,山上信号网络都差得要命。晚上安置好一切之后她想问问余曼青渺渺的情况,结果微信发不出去,电话虽然打通了,但声音断断续续听不清,没过多久还自动挂机。

算了,随缘吧,回去再跟甲方爸爸解释一下。

许浪打着呵欠想,睡觉要紧,明天还要继续爬山呢。

4.

周一。

魏清宇一身低气压走进公司。

跟他正面遇到的员工打招呼都变得小心翼翼。

"魏总今天又双叒叕不高兴了"这条消息很快就出现在"魏总观察所"群里。大家就魏总不开心的原因热烈讨论一番。

未果。

有胆大的员工直接艾特魏总好友方铭。

"方总,你知道魏总怎么了吗?"

方铭:"我也不知道。"转念间想到那天魏清宇一本正经地问他自己帅不帅,他笑着调侃了句,"没事,魏总可能跟你们女孩子一样,

'大姨夫'来了,生理性不开心。"

众人:"……"

果然是好友啊,这话也就方总敢说。

"好了,八卦时间结束,大家别瞎猜了。快去工作吧,这个月新游戏就要上市了。如果到时业绩不错,我和魏总包个豪华餐厅请你们集体吃大餐啊!"

豪华餐厅……大餐,值得期待!

群里瞬间安静下来,大家都开开心心地去工作。

除了那些马上要去魏总那里汇报工作的人……比如我们的齐助理。

作为魏清宇的贴身助理,齐晟笑不出来,尤其是在听到魏总的专属铃声响起时,心都提到了嗓子眼。

"齐晟,你现在来我办公室一趟。"

"好的,魏总。"挂上电话,齐晟忐忑地敲开魏总办公室的门。

魏清宇正翻看着手机,眉毛紧紧蹙在一起。

"魏总。"齐晟出声。

"我有件既重要又隐私的事要你去办。"魏清宇把一张字条递给他,"你等会儿去这个公司打听一个人,看她今天有没有上班。记住,不要告诉对方你真实的身份,你就随便编个理由问一下。如果她在上班,直接回来就可以。要是没有,问下理由。"

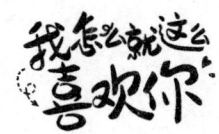

"好。"齐晟接过字条,上面是一个公司地址,"那个人名字叫什么?"

"许浪。"魏清宇一字一顿道。

"魏总还有别的事吗?"齐晟问。

"没有了,你赶紧去吧。这件事依然不许让任何人知道。"

"明白。"齐晟转身朝门外走,脑子里却在不断搜索"许浪"这个人的相关信息。

这个名字真是太耳熟了,他应该不是第一次听到。

"嘿!齐助理!"一只手搭在他肩上。

齐晟吓得身体一激灵,转身看到方铭,蓦地想起许浪是谁了,不就是上次魏总让他寄合同的对象,还嘱咐千万不能让方总知道。

上次合同寄回来,魏总拆快递时,他曾在一旁偷偷瞄过几眼,隐约看到最后落款"许浪"这两字字迹娟秀,像是出自女生之手。

如果真的是女生……

"齐晟你怎么了,愣愣的?"方铭伸手在齐晟眼前挥挥,瞟了眼身后魏清宇办公室的门,压低声音问,"是不是在魏总这里挨批了?"

齐晟浑身八卦血液沸腾起来,方铭说了什么他都没注意,只想赶紧道别走人。

"方总好,我还有些急事要去办,就先走一步了。"

说完,齐晟快速溜了,留下方铭站在原地一脸莫名其妙。

齐晟按着字条找到目的地。

公司名是对上了，只是……这进进出出的搬运工人是怎么回事？

恰逢有个工人上来，齐晟上前拦住，问："师傅你好，问一下这家公司是倒闭了吗？"

师傅刚想回话，一个穿着西装的胖男人快步走过来，凶巴巴地说："我说你这个小伙子会讲话吗？什么倒闭？我们是要搬公司了！"

齐晟上下打量他一番，"哦"了一声，又问："那，敢问您是这个公司的……"

"市场部经理！"那人瞥了他一眼，看齐晟模样年轻，也穿着西装，就说，"我们现在由于搬公司全体员工休假，你要面试的话就等周三吧。周三下午三点到盛祥大厦十六楼人事部去。"说到"盛祥大厦"四个字时还不忘放慢速度加大音量，生怕别人不知道新公司地址是在城市中心的写字楼。

殊不知齐晟每天都从那里进出。

齐晟在心里嗤笑一声，面上仍是带着温和的笑回道："不好意思，我不是来面试的。我是来找一个人的。"

"找人？谁？"

"许浪。"

"许浪？"胖男人将他从头到脚看了一遍后，才凑近了挤眉弄眼

我怎么就这么喜欢你

地问,"你是谁,找我们公司最好看的许美女干吗?"

肥胖的脸还挤眉弄眼,自己长什么样心里没点数吗?

齐晟费了好大劲儿才忍住没直接伸手把他的脸推开,只是不动声色地往后稍退几步。

"没事,就随便问问。谢谢你,我先走了。"

齐晟回到车里,仔细品味了下那个胖男人的话。

女的……还是美女……而且马上就要跟魏总一栋楼了。

齐晟莫名有些激动,魏总对一个美女这么上心——这是多么爆炸性的大新闻啊。

这要说出去肯定会在公司内掀起一阵狂风的。

可是……

转而他又陷入淡淡的忧伤,这种知道惊天消息又不能跟人八卦的心情多孤独啊。

忧伤了一小会儿,齐晟打电话汇报:"魏总,许浪不在公司。他们公司要搬了,员工集体休假,周三才上班。"

你快问我他们公司搬到哪儿了!快问我!

齐晟在心里呐喊。

然而魏总并不感兴趣,静默几秒后,他吩咐道:"那你去上次我发你的那个地址看看,她在不在家。还是那句话……"

我去,更劲爆了!都关心到别人家里去了!

齐晟再次激动起来，连接话都变得大声了："我知道！不告诉对方真实身份，不告诉别人这件事，放心，我都牢记在心！"

魏清宇被他突如其来的积极情绪惊到，明明早上来他办公室还不是这样的啊。

"你怎么突然这么激动？"

糟糕！魏总起疑了？齐晟迅速收起激动，恢复平常声调："没有，刚出他们公司大门，觉得今天天气太好了，心情就十分愉快。"

魏清宇看了眼外面的大太阳和室内的空调，有些惆怅——自己果然是年纪大了，不是很懂这种小年轻的心理。

第五章
你昨晚叫我爸爸了

1.

公司人今天有重大发现。

向来以工作狂著称的魏总居然提前下班了,而且还神色紧张,早上低气压地来,下午神色紧张地提前走。

难道有啥大事发生?

"魏总观察所"里,公司内部人又热烈展开了讨论。

依然未果。

又有大胆者艾特方铭："方总，你知道魏总怎么了吗？"

要不是显示的时间不对，方铭都以为他翻到了早上的聊天记录。

"我也不知道。"方铭无奈地回复。他也感觉到魏清宇的不对劲儿，但无论他怎么试探都没能从魏清宇嘴里撬出话。

"啊？方总居然也不知道！"有人惊讶地说。

对啊！他居然也不知道，这是不是就说明他在魏清宇心里的地位有所下降？

这个认知让他有点生气，还是不是好兄弟了！

再看那句"方总居然也不知道"就特别扎心！

被扎了心的方铭回复："你们要是这么好奇魏总怎么了，不如我把他邀请进来你们现场采访？"

"温馨提示：离下班仅剩半小时，谁再八卦讨论魏总，我就抓他和我一起加班。"

众人：方总这是生气了吧！

难道魏总和方总的兄弟情突遇危机？

一时间大家都不敢再发言，开始收尾工作，迎接下班。

群里没人再说话，方铭很满意，转身打开与齐晟的私聊："魏总怎么了，你知道吗？"

齐晟："……"说好的不再八卦呢？

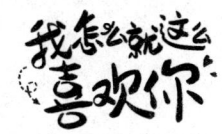

"我也不清楚"五个字打了一半,方铭的消息接二连三地发过来:

"别说你不知道,你肯定知道。"

"你那一串省略号已经告诉我这里面有内情。"

"你说,今天你从魏总办公室出来后去干了什么?"

"我可听说了,你今天一下午基本都不在公司。"

"而且回来后第一件事就是又去了魏总办公室。"

"然后他下午就提前下班了。"

"你一直不回我是不是就代表我的猜测是对的,你果然知道些什么。"

齐晟:"……"我为什么不回话你不清楚吗?你消息发得这么频繁我怎么好意思插话?

然而说是不敢说了,只能这样在心里大声呼喊。

"省略号是自动回复吗?快说话。"

齐晟:"方总,现在是上班时间,我还有工作。"

方铭:"那就下班后我请你吃个饭吧,你不能拒绝。"

上司这么八卦,公司未来发展堪忧啊!

齐晟:"我还有别的事……"

方铭:"这个饭局是要跟你讲工作上的事,你要拒绝,我以后就给你穿小鞋。"

齐晟:"……"对面的这位总监可以注意下你自己的身份吗?

算了,诚实一点吧。

齐晟:"不是我不告诉你,其实是魏总特意交代过谁都不能告诉,尤其是你。"

这下轮到方铭发省略号了。

齐晟看着屏幕上有两行之长的省略号,心里十分舒畅。

不知道被员工和那个不正经的总监八卦了一天的魏总此刻站在许浪家小区门口。

从下午齐晟告诉他许浪也不在家之后,魏清宇就坐不住了。

许浪不在家就意味着她可能出去玩了,可是出去玩不管去哪里不可能一点消息都没有啊,微博没有更新,朋友圈没有更新,连微信消息都不回。

魏清宇怎么想怎么都觉得不放心,索性自己来走一趟。

这个小区位置有点偏,他绕了许久才找到。

小区门口保安亭外坐着一位五十多岁的大叔,吹着小风扇吃着西瓜,见魏清宇走近,放下啃了一半的西瓜,即刻进入警备状态。

"您好,我想进去找个人,可以麻烦您开下门吗?"魏清宇说明来意。

大叔仔细打量他一番,看他西装革履、面相英俊、气度不凡,不像是坏人,而且还有些眼熟,便和气地问:"小伙子找谁?"

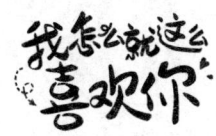

"6栋3单元807的许浪。"

"许浪?"大叔皱起眉,又一个来找她的?

"她不在家,出去了还没回来,你找她有啥事吗?等她回来,我可以帮你转达。"

"那您知道她去哪儿了吗?"

"知道啊。"大叔说,"她那天出去前还让我帮了个忙来着。"

大叔紧接着问:"不过……你跟许浪什么关系?"

"哦,我是许浪她哥。"魏清宇随口编了一个身份。

又来一个哥?大叔心里一惊!这事情不简单啊,这才短短几天时间,三个男人来找许浪,还都说是她哥,而目前只有一个人说的是真话。

"可是据我了解,许浪好像是独生女,你是她哪个哥?"

"表哥。"

"哦?"大叔一笑,"那你知道许浪父母的名字吗?随便说出一个就可以。"

魏清宇:"……"在他记忆里就见过许浪她父母一两面,长啥样都不记得了,哪里还记得名字?不过话说回来,这个小区的门卫怎么这么多问题?

魏清宇懒得再费话,转身就准备走。

他转身那刻,大叔看着他的侧脸突然知道为啥眼熟了。

前两天晚上,他值班。

许浪回来经过小区保安亭见他坐在外面乘凉,就跟他聊了会儿天。

小姑娘可能是遇到啥情感问题了,心情不太好。经他一问,她才拿出手机点开一张照片递到他眼前,说是他阅历丰富,识人无数,就帮忙瞅瞅照片上的人面相怎么样。

许浪说她在追这个人,但身边朋友不太看好,觉得这个男人不靠谱。

现在这样一看,眼前这个男人可不就是照片上那人嘛。

既然现在碰巧遇到,他刚好可以把人留住,详细了解一下,帮小姑娘把把关。

有了这个念头,大叔就朝着魏清宇背影故意大声说:"啧啧,看来这是又一个骗子啊。现在的年轻人怎么回事,看着模样挺周正的,咋都不诚实咧。"

又?

魏清宇脚步一顿,思考片刻又走回去。

大叔看到魏清宇再次向他走来,心里乐开了花——现在的年轻人真有意思。

"大哥。"魏清宇笑着问,"您刚说又一个骗子,我想问下除了我还有谁?"

"你这是……承认自己是骗子了?"

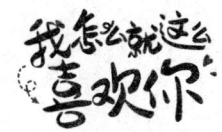

魏清宇:"……"这位大哥口才这么好做门卫真是亏了呢!

大叔看魏清宇脸上的微笑一点一点消失,知道不能再逗了,再逗下去人真该走了。

"除了你,一个年轻的小帅哥,下午来的。也说是许浪表哥,结果也是这样让我给拆穿了。"大叔一脸骄傲。

魏清宇了然,怪不得下午见到齐晟,他满脸都写着不开心。

"来,小伙子,坐下吃块瓜吧。"大叔指了指桌子上的西瓜和旁边的空椅子,笑眯眯地说,"我们来聊一聊许浪的故事吧,不是跟你吹,我可是这个小区里跟许浪最熟的人啊。"

魏清宇好奇:"您不怕我是坏人,我刚刚可是骗过您。"

"我见过你照片,在许浪手机上。你刚刚转身的时候我突然想起来的。"大叔一时嘴快说了实情。

"嗯?"魏清宇惊讶,"她让你看我照片干吗?"

大叔默默地看着他,脑子里已经化成两个小人在为是吐露实情还是编造谎言打架了。

就在魏清宇被大叔奇异的目光看得胳膊上泛起鸡皮疙瘩时,大叔也做好了决定。他说:"许浪说你是她准男朋友,让我帮忙看看你面相。"

"那您觉得我面相如何?"魏清宇好奇。

大叔心里想:小伙子,你的关注点是不是错了?

大叔嘴上道:"天庭饱满,地阁方圆,眼大有神,耳大有轮,一看就是福泽庇佑、非富即贵之人啊!"

魏清宇面露喜色,嘴唇微动。

大叔赶紧拿起一瓜递给他,道:"来来来,坐下吃块瓜,听大哥给你讲讲许浪的故事。"

提到许浪,魏清宇才突然反应过来刚刚这位大叔讲了什么,脸上的笑容渐渐消失:"我不是许浪的准男友,我是她老板。"虽然是合作关系。

大叔敷衍地"嗯嗯"两声,谁信哦,但凡开始没有立即反驳的,后面再解释都只是欲盖弥彰。

他又把递瓜的手往上抬了抬:"吃瓜吃瓜。"

魏清宇看着那块瓜,又看看大叔,再看看周围。幸好过往人也不多,他想着估计也坐不了多久,就接了瓜坐了下来。

知彼知己,百战不殆。

多了解点儿许浪,日后行动也有底些。

大叔坐在他旁边的椅子上,吧唧吧唧啃着西瓜说:"你刚刚是不是觉得我特烦,就开个门的事,还问你一堆问题。其实我也是为了里面住户的安全着想。现在这社会啊,坏人不少呢。尤其是许浪这小姑娘,人美心善嘴也甜,我现在基本都把她当自家闺女看呢。

"我们这个小区刚建成时我就来了,这差不多也快一年了,前前

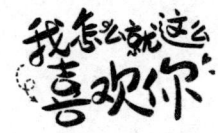

后后也见了不少人。我发现很少有人在进出时给我打个招呼啊啥的。像我们以前住农村,那街坊邻居都可亲了,你出去路上碰见个人,都会亲切打个招呼问候几句。可能这大城市吧,人们的防备心都很重。

"但说实话,有时候心里也挺不是滋味的,感觉他们都没啥人情味的。可是许浪这小姑娘不一样啊。她几个月前刚搬过来的,每天进出门都会笑着跟我们这些门卫打招呼,有时候买了水果啥的也都会分我们一点。

"真的,特别好一个姑娘。而且不只是我们,像我们小区里的保洁阿姨啊,也基本都对她赞不绝口。我们之前遇到了在一块儿聊天,都说这姑娘人不错。像我们做这种工作的人,其实很多人都看不起的。没想到许浪每次遇到我们都会打招呼,在她这里,我们就感觉被尊重了。所以啊知道她一个人住,就会对来找她的人格外关注一些。"

大叔边说边观察魏清宇,见对方一直安静听着,偶尔还露出一抹笑意,心里就明了,许浪这事儿,有戏!

说得差不多了,大叔扔了瓜皮擦擦手站起来,道:"好了。许浪的故事就讲到这里了。你找她的话过两天再来吧,她应该明天就回来了。"

魏清宇立刻抬头问:"您怎么知道?"

"她走的时候跟我讲的啊。"

"她去哪儿了?"魏清宇又问。

"爬山去了。"想了想,大叔又补充一句,"还是跟一个帅哥去的。你不知道啊,周六一大清早,那帅哥就来找她了,也说是她哥。但跟你不同,人家可是能说出许浪父母的名字。然后过了半小时,许浪高高兴兴地跟在他后边走过来。"

看着眼前的人脸色渐渐沉下去,大叔继续补刀:"嘿,你别说,那两个人站一起,还挺般配的。"

魏清宇脸色更难看了。

不交稿原来是跟帅哥去过二人世界了啊,想着爬山时两人难免少不了身体接触,比如你扶我一下,我拉你一把的画面,他的无名火就从心里冒出来了。

而面对大叔时,良好的家教还是让他礼貌道别:"谢谢大哥,那我就先走了。如果到时候许浪回来,可以麻烦您偷偷给我打个电话吗,就不让她知道的那种?我有点急事找她。"

"好啊。"大叔欣然答应。

魏清宇从旁边访客登记本上撕下一小片纸写上自己的电话号码递给大叔。

大叔接过妥善地放好。

看着魏清宇远去的背影,大叔乐呵呵地想,今晚跟老婆的电话里又有趣事可以讲了!

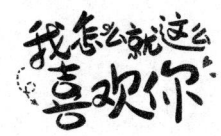

2.

大叔虽然嘴上答应得妥妥的,结果转身就把魏清宇给"卖"了。

第二天清晨,许浪背着包一身疲惫地走在回小区的路上,远远地就看到保安大叔向她招手。

待她走近,大叔兴奋地从保安室走出来,喊道:"小姑娘,快过来,我有一个好消息要告诉你!"

好消息?难道大叔又要劝她参加什么社区比赛活动了?

之前这附近几个社区联合举办过一次唱歌比赛,一等奖是一个价值999元的电饭煲。

这个奖品对许浪来说毫无吸引力,她本无意参加但架不住这位大叔热情地劝说,大叔把这个电饭煲说得神乎其神,让她也禁不住开始好奇这999元钱的电饭煲煮出来的米饭和她家199元的味道有啥区别,莫非前者的米饭吃了可以长寿?

后来许浪不仅报了名,还认真准备了一番,每天都会抽出一两个小时练歌。

等到海选那天,许浪到现场一看,惊呆了!

来参加比赛的基本都是些大叔大妈,而且他们有的还组成了合唱团。

最后毫无意外,许浪的获奖之路断在了海选这里,因为评委说她唱的歌没有朝气。

可不嘛，在一堆民歌、红歌和凤凰传奇式的曲风中，她的《阴天》的确没有胜算。

"什么好消息？"许浪有些忐忑，同时内心开始编排拒绝的借口。

"你上次让我看照片的那个小伙子昨天来找你了！"

嗯？许浪不敢置信。

"没错，就是你上次跟我说你有点喜欢人家的那个小伙子，我没看错，他昨天冒充你表哥来找你，被我一眼识破，最后还拉他在这儿聊了会儿天。"

啊？许浪张大嘴巴。

大叔看她一脸震惊，便把昨天下午的事声情并茂地讲给她听，最后还不忘总结："总而言之，根据我的观察来看，这个小伙子人还是不错的，而且我觉得他对你应该也有那么点意思，不然怎么会不顾形象坐这儿听我一个门卫絮絮叨叨那么长时间，你说对不？"

"对对对！你说得太对了！"许浪疯狂点头。

魏清宇就是对她有意思要不怎么会来找她呢！

等等，不对！魏清宇怎么会知道她的住址呢？

思及此，许浪冷静下来。

前几天方总说要寄给她纸质版合同需要地址，她就发了家里的。

方总是魏总的下属，所以魏总知道她家地址有两种可能。

一种是招聘会上魏总对她也是一见钟情，然后回去食不下咽夜不

· 106 ·

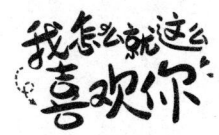

能寐,最后实在无法忍受这相思之苦就如小说中写的那样,派人查了她的信息得知住处,就上门来表白心意。

另一种就是招聘会上魏总对她也是一见钟情,然后回去食不下咽夜不能寐,最后在递上去的合同中发现了她的名字,继而追问方总知晓她就是令他魂牵梦萦的女孩儿,便根据合同上的地址找过来表白心意。

然而无论是哪种,有一点不会变,那就是魏总对她也是一见钟情,昨天找上门来是要表白心意的!

"哈哈哈哈哈!"许浪放声大笑,这几天徒步带来的劳累一扫而空,爱情使人神清气爽、精神焕发!

大叔被她突如其来的笑声吓了一跳,关心地问:"你没事吧?"

许浪摇摇头:"没事!还要谢谢大哥帮了这么多忙!"

大叔笑着摆摆手:"都是小事,不用客气!"

转念,大叔想起某件事,问:"对了,小伙子昨天下午走之前还给我留了个电话号码,说是让我看到你回来之后给他打个电话说一声,你说这个电话要不要打?"

许浪急声回道:"要啊!麻烦大哥现在就打给他,谢谢!"

大叔看着许浪猴急的样子,就像看到自己儿子当时追女朋友时的模样,喜欢一个人一点儿都沉不住气,笑着转身进保安室把那张字条拿出来。

他先让许浪在自己手机上存下那个号码才拨打出去。

大叔直接开了免提,伴随等待连接时的每一声"嘟——",许浪的心跳开始加速。

"您好,我是魏清宇,请问您是?"一道低沉的声音响起。

"是我,昨天那个保安。你还记得不?"

"当然记得。"对面的声音瞬间染上笑意,"您打电话过来是因为许浪回来了吗?"

许浪!

这是她第一次听到魏清宇叫她的名字欸,真好听!

大叔瞥了眼笑开花的许浪,道:"对,她刚刚一个人进小区了。"

说到"一个人"时,大叔还特意加了重音。

"嗯,我知道了,谢谢您。"说完,他就沉默了。

这就完了?大叔和许浪对视一眼,都从彼此眼中看到了疑惑。

听说她回来了就 OK 了?难道都不用自己上门确认一下吗?

而且,说好的上门表白心意呢?

敢情是她猜错了?

呸!大猪蹄子!让人会错意!

许浪心里眼里满满都是失望,她看着大叔,用口型告诉他可以挂电话了。

看来也只能这样了。大叔开口道:"不客气。那我就……"

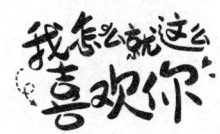

"等等!"魏清宇截断他的话,"我现在就过去找她,还请麻烦您帮我关注下她的动向,如果她中途要出去,还请您帮我拦一下告诉她我有急事找她,让她等一会儿,可以吗?"

大叔看向许浪,许浪狠狠地点了点头,脸上又重新带上笑。

挂断了电话,许浪朝着大叔双手抱拳:"谢谢大哥!那我就告辞了!"

得赶紧回去准备准备,她要以最美的状态接受魏总的表白!

回到家,许浪先是将房间简单整理一番,接着去洗了一个美美的热水澡,然后换上舒适的家居服把换洗衣物丢进洗衣机里任它自行运转。

刚搞完这一切,门外便响起脚步声。

脚步声越来越近……

许浪竖起耳朵,是魏总?

"汪汪!"

哦,是渺渺啊。

她下火车时给余曼青发了微信说她已经回来了。

现下是余曼青送狗来了。

即使是渺渺,她也很开心,毕竟是自己一手带大的崽!

许浪欢快地跑过去开门,刚打开门,渺渺就飞扑过来,双脚抬起,扒拉着她的裤子要抱抱。

弯腰抱起渺渺和余曼青一起进屋，一人一狗互诉衷肠腻歪了一会儿，许浪才看向正坐在沙发上喝水的余曼青，真诚地道谢。

"谢谢你啊，曼曼，把渺渺照顾得这么好。我刚抱这只蠢狗时发现它又重了不少！"

渺渺听到此话迅速撤回还在许浪手里的爪子，扭头就往自己的小窝里跑去，蜷着的时候还不忘把屁股对着许浪，不知道是心虚还是闹脾气。

许浪没管它，起身去卧室拿了几包干货塞给余曼青。

"昨晚在火车站买的，说是当地特产，你拿回去尝尝。"

余曼青拿起来随便看了眼就放桌子上，兴致缺缺，反倒把目光放在许浪脸上。

余曼青又在看她了，从刚进门起她就察觉到余曼青时不时看她一眼，起初她以为是自己晒黑变丑了，但刚刚她进卧室拿土特产时，有特意站在镜子前仔细看了看，除了脖子因为没涂防晒霜导致后面被太阳晒得红通通之外，其他肤色都没变啊。

"你为什么总是看我？"许浪双手捂着自己的脸，左右晃动，"我刚看了，我没变黑……也没变丑，还是一如既往美如天仙啊！"

余曼青翻了个白眼。

"你问问你微信上那个方总，可以解约吗？"余曼青进门第一句

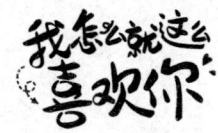

话就语出惊人,表情严肃。

　　许浪也收起嘻哈的态度,正经地问:"怎么了?"

　　余曼青也不隐瞒,把自己知道的事说了一遍。

　　前天,她刚过来接了渺渺去她家,知道渺渺喜欢出去玩,吃了晚饭就用牵狗绳套着渺渺在小区里散步。

　　路过一家水果店,外面摊前摆的苹果又大又红很是诱人,她就带着渺渺停下来开始挑选苹果,可能是挑得太投入了,等她用袋子装好苹果准备进店付款时,发觉狗绳那头有点轻,一低头,绳还在,狗没了。

　　想着现在是夏天,晚饭后在小区散步的人不少,大多还是家长带着小孩儿,渺渺虽然是只小土狗,体积不大性格也比较温顺,但就怕万一吓到别人,严重点的还有可能遭到伤害。

　　余曼青只得说声抱歉放下苹果就去找狗,最后是在一栋楼下门口前找到的。

　　找到渺渺时,它正趴在玻璃门前望着里面,一个年轻男人蹲在旁边在给它顺毛。

　　渺渺闻到她的气息,迅速起身跑过去,她低下头就看到它眼泪汪汪,像是受了什么委屈。

　　年轻男人见她走来知道她误会了,就站起身,笑着向她解释:"它刚刚追着一只跟它差不多大的博美跑来,结果人家被主人抱进去了,它撞玻璃门上了,现在失恋又受伤的,我正在安慰它呢。"

真是狗随主人，跟许浪一样蠢！

她重新把狗绳套好，不好意思地笑了笑向人道谢。

正欲转身离开时，年轻男人又笑着开口："只有口头道谢吗，在小区里没有牵绳的狗挺危险的，我刚陪了它这么久，你不应该请我去喝杯咖啡吗？"

看样子这是遇到流氓了，她定定看了他几秒，说："好啊。"

谁让这个"流氓"长得还挺帅的。

"流氓"长得帅，就当是搭讪喽。

到了小区的咖啡店，她把渺渺寄放在前台的笼子里。渺渺大约还没从失恋的阴影中走出来，进了笼子就安静地趴着，独自黯然伤神。

她和年轻男人找了座位，点好单，在她还在心里盘算着如何才能让那只蠢狗重新快乐起来时，就看见一只手伸过来。

年轻男人说："你好，我姓方，单字一个铭，我是方铭，敢问小姐贵姓啊？"

方铭？那不就是许浪经常提起的甲方爸爸吗？

她笑着回握："我姓余，余曼青。"随后松开手，装作不在意地问，"方先生可是在游戏行业工作。"

方铭挑眉："是的。"

"公司可是轩宇网络科技有限公司？"

方铭笑得意味深长："你怎么知道？经常玩我们公司的游戏？"

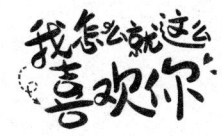

他们公司最近有款很火的古风游戏里一个NPC的名字跟他同名,那是他一个美工送给他的礼物,那个NPC是游戏里最帅的角色,设计原型就是他,这个很多游戏玩家都知道。

确认是本人,她直言道:"不是。我是听我朋友许浪讲过你。"

本以为可以借此畅聊半小时,却不料听完此话,对方一脸茫然:"许浪?许浪是谁?"

"所以,这从头到尾都是场别有用心的骗局!那个在微信上找你合作跟你聊天的根本就不是什么方铭方总,据我猜测,那个人百分之九十九的可能是魏清宇魏总!"

如果真如余曼青所言,一直以来在微信上跟她聊天的都是魏清宇……许浪想起那些关于魏总浮夸的称赞……她先是"扑哧"一声,继而放声哈哈大笑起来。如果真是魏清宇,那他也太可爱了吧!

余曼青冷着脸:"你笑什么?我是认真的,我劝你赶紧跟他解约,离他远一点!"

许浪收起笑,说:"你说得没错,这的确是场别有用心的骗局,我已经想明白了——"

余曼青欣慰地点头。

"他设这场骗局的目的就是为了骗走我的心!哈哈哈哈哈!"

余曼青点头的动作僵住:"不是!你……"

许浪往前挪一步抱住她，轻拍她的背："曼曼，真的很谢谢你这么为我着想，你放心吧，我自有分寸。其实你可以往好处想啊。他假借别人的名义加我微信找我合作，可能是因为他害羞，他不想让我知道他是我的小粉丝。而且我们小区大哥还告诉我，他昨天来找我了呢！"

见余曼青不信，她把大叔告诉她的事挑了重点讲给余曼青听。

"再结合你刚讲的啊，现在我更加确定他也喜欢我！你就别想太多了，等我俩在一起了，我们请你吃火锅！"

又是火锅……随她吧。余曼青叹了口气，还想再提醒几句，敲门声恰好响起。

余曼青刚准备问谁啊，就看到许浪跟屁股着火似的腾地从沙发上跳起来，往卧室冲。

"曼青，你先去帮我开下门，我要换个衣服！"

3.

换什么衣服啊，都不知道敲门的人是谁。余曼青一边腹诽，一边拉开门。

不得不感慨，这近距离看，更帅了，怪不得把许浪迷得七荤八素的。

"你好，我是魏清宇，请问许浪是住在这里吗？"

"进来吧。"余曼青往旁边侧了一下，"她在换衣服。"

魏清宇轻点了下头："谢谢。"

我怎么就这么喜欢你

　　两人各自坐一沙发,余曼青不加掩饰地盯着他,他也就大大方方地任她看。

　　渺渺对这个第一次来家的陌生人有些好奇,跑过来在他脚边乱窜,等他将手放到它头上时,它又乖巧地躺下任这个男人撸它的狗头。

　　"咳咳!"许浪从卧室出来,轻咳两声引起两人的注意。

　　两人同时将目光放在她身上。

　　许浪穿了一袭黑色一字领中裙,披着头发,化了一个淡妆。请忽略她脚上那双蓝色大嘴猴拖鞋……

　　她看向魏清宇,故作惊讶:"呀!是魏总?魏总,你怎么来了?"

　　余曼青:呵呵,怕不是中央戏精学院毕业的吧!

　　魏清宇微笑:"有点事找你。"

　　什么事,许浪心里十分清楚。她连忙给他倒了杯水,然后坐在余曼青身旁。趁魏清宇低头喝水的工夫,她把手放在余曼青背后戳了戳。

　　余曼青疑惑地看着她,后者把目光放在门口处。

　　余曼青瞬间明了,许浪这是让她先走呢!

　　啧,真是塑料花姐妹情啊!

　　余曼青慢悠悠站起身:"那我还有事,就先走一步。"

　　"我送你吧!"许浪也站起来。

　　余曼青看了眼魏清宇,摆摆手:"不用了,你还是好好招待魏总吧!"

许浪明白余曼青这是在揶揄她,便没再坚持,只是不好意思地笑了笑。

门开了又阖上,转瞬间,房间里只剩他们两个人。

只有两个人的房间,不知道是不是许浪的错觉,她感觉此刻的空气中到处飘浮着暧昧因子。

魏清宇喝水了。

魏清宇放下杯子了。

魏清宇抬头了。

魏清宇看她了。

她胸口像揣了一只疯兔,咚咚咚咚地乱蹦。

她紧张又期待地看着魏清宇。

"你知道我这次来是为了什么事吧?"他问。

她略带羞涩地点点头:"知道。"

"嗯,那就好。"魏清宇重新拿起水杯。

静等几秒都不见他继续讲话的许浪一脸蒙。

这就没下文了,现在男女之间确定关系都是这么草率的吗?

不行,生活得有仪式感!许浪开口:"其实……我隐约能猜到,但不是太明白,还希望魏总讲明才好。"

魏清宇喝水的动作一顿,看向沙发上的人。

跟帅哥出去几天就兴奋得失忆了?这么没有自知之明!

我怎么就这么喜欢你

他讥讽一笑，道："那我就直说了，我这次来是想问你……"

告白要来了！好激动！

许浪捏着裙角，屏息以待。

"上周的稿子呢？"

"我愿意！"

欸？

两人同时出声，又一起蒙地看着对方。

"你刚刚说什么？"许浪问。

"我说你上周的稿子没交。"魏清宇答。

许浪一副见了鬼的样子！

魏清宇见此表情，就猜到她会错了意，挑眉一笑，明知故问："那你呢？你刚刚是说什么？你愿意什么？"

呵，大猪蹄子，浪费我感情不说还想看我出糗！许浪恼羞成怒还附带头顶冒火。

幸好她有他的把柄。

稳了稳心神，许浪粲然一笑："我说我原以……"将这几字特意强调一遍才继续道，"为来催稿的会是方总，毕竟微信上跟我联系的人一直都是方总，结果现在来催稿的变成了魏总，我有些好奇而已。"

魏清宇笑容渐渐消失。

完了，是他大意了！

许浪见状,心里暗爽——小粉丝实锤没跑了!

然而毕竟是自己喜欢的人,尽管他已经在她面前掉马,什么属性一目了然,但许浪没再为难他,甚至特别贴心地替他找借口:"没关系,方总、魏总都一样,我……"

"最近方铭手头上项目很多,他把你交给我了。"哼,他才不需要她解围!

许浪看似"恍然大悟":"原来是这样啊。"随后面上带着得体的笑,"那以后还请魏总多多关照了!"手指甲狠狠嵌在掌心,免得自己发出猪叫般的笑声。

二十分钟后,许浪把修改后的稿子传到自己手机上,走出卧室。

正在逗狗的魏清宇听到响动转过头,目光炯炯地看着许浪,那表情跟平时听说要出去的渺渺一模一样。

"魏总,你QQ号多少,我们加个好友,我把稿子发你。"

为什么不要微信?当然是因为她得护着魏总那颗傲娇的"小公举"心啊。

她有的是耐心等着他自爆马甲。

可是这份体贴,魏总并不领情。他直接拒绝:"我不用QQ,你微信发过来就好。"说着,亮出了微信二维码名片。

许浪凑近一看,昵称"魏",头像是一只背对着的狗头。

这个狗头……许浪瞥了眼趴在魏清宇脚边的渺渺,渺渺吐着舌头

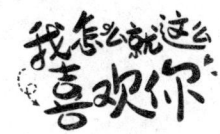

回望着她。

没错了,确认过眼神,是自家的蠢狗。

加了好友,发了稿子,魏清宇心满意足地离开。

许浪卸了妆,重新换上家居服,惬意地躺在床上。

光线被厚重的窗帘隔断,空调嗡嗡地吹着凉风。

她闭上眼睛,想着今天的事情。

嘴角忍不住弯了又弯,不久困意袭来,她甜甜地睡去。

不知道睡了多久,许浪被饿醒了,约是睡前空调温度开得太低了,起身时,脑袋晕乎乎的。

拉开窗帘,外面已是夕阳西下。

她竟睡了这么久。

来到客厅,渺渺也蔫蔫地趴在狗窝里,楚楚可怜地望着她,估计饿坏了。

她给渺渺放了狗粮和水,看它吃得津津有味,也强打起精神给自己煮了个面。

吃完饭,她带着渺渺出去逛了一圈,回来脑袋还是有些昏昏沉沉,想来可能是没休息好,就随便洗漱了下又去睡了。

晚上十一点,魏清宇的公寓里。

他刚看完许浪今天新发来的章节,这一章讲的是被封了记忆又失了法力的女兔妖和这世沦为一个傻子的男主的有趣日常,魏清宇看的时候,几乎是从头笑到尾的。

心情愉悦地伸了个懒腰,揉揉有点发干的眼睛,他站起身朝卧室走去,这时,手机铃声响起。

一个陌生来电,他没有理。

没一会儿又响了,仍旧是那个号码。

魏清宇点了接听。

电话那头是许浪低低的、带着哭腔的声音:"我发烧了……我好难受……"

魏清宇抵达许浪家门口时已经将近凌晨十二点。

从接到许浪电话那一刻,他整个人就陷入莫名的急躁中,一路把车当赛车开不说,连从小区门口到这里都是用跑的。

唯恐来得太迟,把人烧傻了。

站在门口,他轻轻敲了敲门,除了狗叫声再没其他动静。

它又不敢大声敲门怕扰到邻居,只能打电话过去。

打了三遍,就在魏清宇濒临爆发准备叫开锁工人来撬锁时,电话接通了。

"喂——"微弱又沙哑的声音。

"许浪!先别睡了!起来开门,我在门口!"

"唔……好……"

电话被挂断,紧接着屋内响起脚步声。

许浪每走一步都像是踩在棉花上,脑袋痛得要炸开,鼻子也不通气,眼皮沉沉只想闭上。

她走一步歇三下地来到门前,拧开锁。

"吱呀——"门被人从外面大力拉开,她踉跄一下跟着往外倒。

有人及时扶住她,温热的手掌覆上额头。

说不清道不明的委屈感瞬间袭上心头,眼泪唰地流下来,她扑过去抱着对方,呜咽道:"你终于来了,曼曼,我好难受……"

魏清宇身体一僵,心道糟了,真把人脑子烧傻了,她居然抱着他叫"妈妈"……

翌日清晨,许浪睁开眼就看到天花板上悬挂着的输液架子,空气里还弥漫着消毒水的味道。

恍惚了一秒,她意识到自己现在正躺在医院里。

她缓缓坐起来,背靠着枕头,头还有些疼,但还好,额头已经不热了。

环顾四周,许浪发现这貌似是个单人间病房,只有她这一张病床。

离病床相隔不远还有张陪护床,现在床上只有一床堆得乱糟糟的被子。

也不知道余曼青去哪里了。

许浪掀开被子，就想下床出去找一下。

她肚子有点饿，身上又没有手机，着实不太方便。

刚穿好鞋，房门被打开，一个年轻的女护士推着小车进来了。见她已经起床，护士笑着打招呼："你已经醒了？现在感觉怎么样啊？"

"好多了。"

"来，我们再量一下体温。"小护士把体温计甩了甩递给她。

"谢谢你。"许浪接过体温计放在腋下。

"不用客气。"小护士边按单配药边说，"这都是我们应该做的。"

"对了，昨晚送我来的人呢？"许浪问，"你知道她去哪儿了吗？"

"你是问你男朋友吗？我刚在走廊上碰到他了，他说有事出去一下，等会儿就回来了。"

"男朋友？"余曼青怎么看怎么都是女生吧？怎么会是男朋友？

"对啊！"小护士有些激动，光说不够还要用手比画着，"真是比电视里有些男明星都要帅！"

长得帅？听着小护士的描述，她脑子里顿时浮现出魏清宇的面孔。

她昨晚不会是打错电话打到魏清宇那里了吧？

小护士讲完看她并没有露出那种男朋友被人夸了，自己也与有荣焉的开心样，不禁有些试探地问："那个……难道不是你男朋友？"

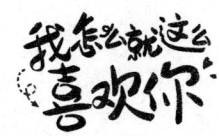

许浪坦言:"不是。"目前还不是。

小护士面上一喜。

许浪忽然又坏心眼补了一句:"他是我老公。"

小护士的笑容不见了。

同一时间,病房外面。

齐晟震惊地看着魏清宇。

他大清早就被魏总一个电话叫醒,要他送两份枸杞大枣山药粥到市一医院某病房。

听到"医院"二字,齐晟魂都快没了,以为是魏总生病了,火急火速地起床去楼下超市买了价格最贵的保温桶回来,清洗干净后又开车去了附近有名的粥店,打包满满一桶枸杞大枣山药粥往医院赶。直到在楼梯口碰到跟医生说说笑笑的魏总,得知病房那位只是半夜发烧而已,他一直悬着的心才稳稳落下。

跟魏总走来的路上,齐晟不是没猜想过病房里那人的身份。

能让魏总在医院守一晚上的必定是他珍重之人。

可是齐晟千猜万猜也没猜中是这个关系啊!

这个故事,他既没猜中开头,也没猜中结尾!

"他是我老公"这不是只有老婆才能说得出来的话吗?

魏……魏总他……隐婚了!

齐晟小心翼翼地看了眼旁边的魏总，面无表情，这不刚好就代表默认了！

真的又是一个惊天大消息！他又要一人承受着这无人能说的孤独感。

齐晟心好累，齐晟想哭。

然而齐晟不知道，看似面无表情的魏清宇内心已经有十万头羊驼在狂奔！

它们奔跑在一望无际的草原上，它们在大声嘶叫，这时如果你倾耳聆听就会听到它们在说："Oh, God！"翻译成中文就是：天哪噜！

等到羊驼都跑累了，魏清宇侧头对齐晟说："不是真的，别信她的，不许乱说。"

话落，他推门而入，连敲门都省了。

病房内两人听到动静，侧目而视，进来的正是对话里的男主角。

小护士觉得有些尴尬，交代了一些注意事项后就推着小车匆匆离开，路过魏清宇身边时还不忘再看一眼。

帅是真的帅啊，可惜已经是别人家的了。

许浪坐在病床上低着头，思绪翻腾如浪。

某些零星片段浮现在脑海里，她昨晚迷迷糊糊起来开门，以为是余曼青，就毫不客气扑倒在对方怀里，还因为难受又是哭又是撒娇的……

如今知道了那人是魏清宇……天啊,这画面也太刺激了吧!

魏清宇走到病床旁边的柜子前,把手上的购物袋放在上面,从里拿出两支崭新的牙刷,将其中一支放到许浪手边。

"我叫人带了粥来,你快起来去洗漱。"随后,他转身朝卫生间走去。

直到听到关门声,许浪才抬起头,碰巧对上齐晟探究的目光。她尴尬地笑了笑,拿起牙刷飞快地冲向卫生间。

看清许浪面容的那一瞬间,齐晟都惊呆了!

天!这不是他之前跟魏总去校招时见过的那个女孩子吗?他当时因为她长得漂亮还多看了几眼。叫什么来着?齐晟绞尽脑汁地回忆那天的场景,突然脑内灵光一闪。

"这不是!"齐晟忍不住了,如果他没记错,那天肖霞好像叫了她……许浪!

而这几天魏总总让他打探的那个人也叫……许浪!

他这个猪脑袋啊,还在各种猜测许浪是谁,却不记得之前曾见过!

这下故事就完整了!

魏总校招会上视察工作时偶遇一美女,然后对人一见钟情,回来后可能又在私底下采取了一些不光彩的手段获知了美女的信息,并达成某种见不得人的协议,并由他去邮寄合同。之前他并未看清那份合同具体写的什么，只隐约看到最后落款，再根据今天她对小护士说魏总是她老公，那看来那份合同就是婚前协议书了！

可是如果是正常婚姻，为什么他们没有住在一起，而且这几天还派他去打听许浪的消息呢？

齐晟拧眉再次陷入了沉思。

或许这是一场契约婚姻？魏总喜欢许浪，许浪却不喜欢魏总，但由于某种原因，所以逼不得已签下这契约婚姻，然后日久生情，许浪暗动芳心却不自知，心情烦乱就妄想离开一些时日来彻底看清自己的心，如今想清楚就回来了，于是两人久别胜新婚，一不小心魏总就把许浪弄到……打住！不能再继续往下编了！

齐晟摇摇头，试图甩掉自己这玛丽苏脑补，都怪自己女朋友最近老爱看什么霸总爱上小娇娘的小说，看到什么恶俗桥段还要放声朗读给他听，导致他现在看到魏总就不自觉代入"霸总"的角色！

"啪嗒！"卫生间的门被关上了。

齐晟看向卫生间的方向——那两人共处一个卫生间了！

八卦之火又开始熊熊燃烧，他纠结地看了看自己正准备盛粥的手，又看了看那扇紧闭的门，最终情感战胜理智，一步一步悄悄地挪到了卫生间门口，紧贴着房门，竖起了耳朵细听里面的声响。

许浪挤到魏清宇身旁，一言不发地洗杯子、烫牙刷、挤牙膏。

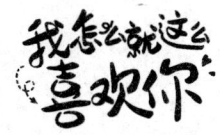

该如何自然地提起昨晚的事，顺便再委婉地试探下他刚刚是否听到了她和小护士的对话？

许浪边刷牙，眼神边往左边飘去，魏清宇正低着头洗脸，她只看得到他头顶的小发旋儿，收回目光时看到镜子里的两人，一个刷牙一个洗脸，两人距离特别近，她的胳膊稍微伸展下就能触碰到他。

这不就是他们婚后会常出现的场景吗？

魏清宇洗完脸站直身体就看到这样一幅画面，许浪嘴里叼着牙刷，手上却没任何动作，整个人就那么愣愣地站着，满嘴泡沫地对着镜子微笑。

魏清宇："你在想什么？"

许浪一惊，回过神急忙吐掉口中的泡沫，又喝口水漱漱才答："我在想稿子的故事情节！"

"哦？"魏清宇挑眉，"这么敬业的吗？"

"那肯定的！"许浪笑，"昨晚还要多谢魏总上门帮助，要不然不知道会是什么后果呢！魏总你对我来说堪称救命恩人啊，等会儿回去你把总费用微信上告诉我一声，我转给你啊。而且为了报答魏总你，我决定今天加更3000字！"

魏清宇当机立断从口袋拿出手机按下录音键，将手机尾端凑到她嘴边："你刚刚的话再说一遍？"

"哈？"许浪大脑宕机三秒，重新启动，"我说昨晚还要多谢……"

"不是这些。"魏清宇打断她,"我只要最后一句。"

"我决定今晚加……"许浪突然明白他的用意,及时住口。

紧接着,她拍了下自己的脑门:"哎呀,我忘了我还是个未痊愈的需要多加休养的病人了,不好意思啊魏总,我刚说的最后一句话你别放在心上啊!"

魏清宇看着面前耍无赖的某人,缓缓一笑,把手机塞回口袋:"我那时候在门口听到你跟人说我是你老公?"

猝不及防的问题。

许浪露出标准的狗腿笑:"我这不也是为了魏总您考虑嘛!那小护士虽然想不露痕迹地从我这里套出关于您的信息,但还好我有双慧眼,一下就看穿了她对您的非分之想,并机智地断绝了她的念头,想必魏总您不会介意的吧?"

"我介意。"

许浪脸顿时垮了,一丝丝难过漫上心头。

"毕竟你昨晚可是抱着我喊爸爸来着。"

许浪:我信了你的邪哦!

她昨晚只是烧迷糊了,又不是烧失忆了,真当她好骗啊!

况且,她拿他当老公,他居然妄想做她爸爸!

呸!

第六章
不和丑的人谈恋爱

1.

这场发烧来得快去得也快，等到周三上班那天，许浪就恢复了往日的精气神儿。

按照群里发的公司新地址导航过去，在写字楼大厅看到那熟悉的公司名称时，许浪差点没乐出声来。

走近了，她又将那公司名仔细看了遍——"轩宇网络科技有限公司"。

嗯，没错，跟她合同上寄件人的地址一模一样。

她立即拍照发群里。

【浪得虚名】：今天来新公司，在大厅里发现这个，嘿嘿，有句歌词怎么唱来着？

【浪得虚名】：一定是特别的缘分，才可以一路走成一家人！

【曼曼青青】：歌词错了。

【浪得虚名】：这是重点吗？

【一马平川】：是重点。余曼青严谨这一点我特别喜欢。

【曼曼青青】：沈同学过奖。

【浪得虚名】：……

许浪退出群聊，好心情不受影响，反复哼着这两句歌词就进了电梯。

和魏总在同一栋楼办公这个认知让许浪脸上一直带着笑，见谁都问好，与办公室那一群得了节后综合征的同事形成了鲜明的对比。

小徒弟赵妍也被许浪这亢奋的状态震到，打开微信问许浪："师父，你今天是吃了炫迈吗？这么嗨。"

"炫迈：赵妍同志来一下，我把广告费给你结一下。"

赵妍甩过去个白眼："师父别闹，我昨晚为了留住假期的尾巴，打游戏到三点，今天差点没走到老公司那里去。你有啥开心事讲一讲，

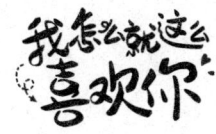

拯救下你这个一直在艰苦与瞌睡做斗争的徒弟吧。"

"送你一个字：该！"

赵妍发了几个委屈的表情："师父，我还是不是你最疼爱的人？"

许浪懒得理，把手机放一旁继续工作，奈何手机一直振动。

许浪瞥一眼，是赵妍，连发了五个不同的流泪表情包，和一句："你为什么不说话！"

许浪被她的可爱打败，到底是自己徒弟，也不用藏着掖着，就点拨道："我这么开心是因为春天要来了。"

赵妍发了个奸笑："师父，麻烦你转头朝窗外看一下，再看下你对面墙角。"

许浪照做，只见窗外蓝天白云大太阳，再看对面墙角，一台正在为人续命的空调。

为什么要她看这个？许浪一头问号。

"师父，你明白了吗？"

"不明白。"

"哈哈哈哈哈，师父，我有一句明知不当讲偏偏就想讲的话送给你——你是不是傻啊？现在六月份，夏天了！"

许浪："……"

网上说熬夜使人智商下降果然是有依据的啊！

午饭时间。

许浪和赵妍满脸幸福地从餐馆走出来。

赵妍揉揉自己有点鼓的小肚子:"这里的饭菜也太好吃了!"

"对!"许浪附和,"这一个月我打算就在他家吃了,每天一个菜不重样!"

"我也是!"

"那你明天……"肩膀被人拍了一下。

许浪转过身,一个穿着西装的年轻小伙子,手上还拎着一杯咖啡。她脑子飞快转动,很遗憾,并未搜索到此人消息。

"你是?"

哈?这么快就忘记了?齐晟非常不满,他们不是前天才见过面吗?他给她带的粥她喝了两碗都不记得了吗?当时还笑嘻嘻地跟他道谢,怎么一穿上衣服……呸!一穿上工作服就不认人了呢?

"我是魏总助理,齐晟。我们前天刚见过的。"

"哦哦。不好意思,我有点脸盲。"许浪胡诌道,实际上是因为那天她把注意力都放到魏清宇身上了,所以没太注意他身边的小伙子长什么模样!

没办法!魏总的光芒太耀眼了!

"没事,我刚远远看到你,还以为认错人了。"齐晟问,"你们怎么在这里?"

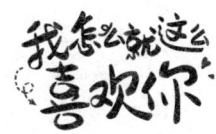

"我们新公司搬到这里了,十五楼,今天是第一天。"

"这么巧啊!"齐晟故作感叹,"以后可以经常碰面了!"

许浪乐呵呵地点头。

"那我就先上去了。"他指了指左手的咖啡,"魏总还在等着它呢。"

"嗯嗯,你先忙去吧。"

齐晟走远了,许浪心里还在荡漾。以后要是经常可以偶遇,想想就很美好啊!上班使人快乐,感谢魏总治好了她的厌班症!

其实荡漾的不只许浪一个人,还有齐晟。

《霸总爱上她》这部发生在他身边的偶像剧,齐晟决定追到底了,并且他还要做神助攻!

办公室里,魏清宇正在闭目养神。

齐晟将咖啡轻轻放在办公桌上,魏清宇睁开眼:"怎么去这么久?"

"回来在楼下遇到一位重要人物,打了个招呼,耽搁了。"

快!快问遇到谁了!齐晟心里大喊。

"哦。"魏清宇不在意,"那你赶紧去休息一下,等会儿陪我去趟李总那边。"

我去!又是这样!总是不按剧情应有的发展走,真是烦人!

"我在楼下碰到前天在病房那位小姐了。"齐晟直截了当。

"咳!"魏清宇被呛了一下,"你刚说谁?"

"前天生病住院的那位小姐。"齐晟说,"刚刚楼下碰到她,就打了招呼,感觉她今天精气神不错。"

"她怎么会在这里?"难道已经喜欢他到这种地步,都追到公司里来了?那接下来是不是要跟他告白了?然后自己就可以毫不犹豫拒绝她,让她也尝尝被人拒绝的滋味,就像她小时候对他那样。

哼!想到她告白被拒后失意的表情,这股淡淡的开心是怎么回事?

"她公司搬过来了,在十五楼。"说到"十五"齐晟特意加重了语气。

咦?不是自己想的那样啊。魏清宇有点失望:"那很巧啊。你先出去吧,等会儿两点我们就去李总那边。"

这跟预想的结果不太一样啊!齐晟也有点失望,他都暗示得这么明显了,魏总怎么就这点反应,按道理不应该立刻冲下楼去和女主角来场刻意而为之的偶遇吗?

齐晟怏怏地走回自己的办公桌前,开始整理下午出去要用到的资料。

一杯咖啡即将见底,魏清宇内心的骚动还是没有平息。

那个肤浅的女人现在跟他在一栋楼办公了,虽然他们之间隔着十几楼的距离。不知道对方知道他的公司在这里,是不是开心得要蹦起来了,说不定还妄想着哪天偷偷上来……

幻想越来越美,内心骚动越来越大。

魏清宇站起身,潇洒地将咖啡杯空投到远处的垃圾桶里,整整衣

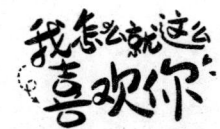

袖，正正领子。

　　他就先下去看一眼吧，瞅瞅她的工作环境。

　　这边齐晟资料整理得差不多了，就差一份合同还在魏总那里。上午送去让魏总签字，现在刚好可以过去拿回来了。

　　齐晟打开门，就看到魏清宇满面春风朝着他的方向走来。

　　隔着距离都能感受到魏总愉悦的心情。

　　齐晟迎上去："魏总，李总那边的合同……"

　　"签好了，放在桌子上自己去拿。"

　　"好的，那您现在是要去哪里吗，需要我跟随吗？"

　　"不用。"魏清宇摆摆手，"刚刚咖啡买得不错，我准备再下去买一杯。"

　　"那我去！"得到魏总表扬，齐晟很开心。

　　魏清宇淡淡瞥他一眼，周身气温瞬间降了几度："不用，我想自己去找找位置。"

　　找位置？楼下？咖啡？齐晟顿时明了，在心里给自己两嘴巴，他怎么这么没眼力见儿！魏总下楼找什么位置别人不清楚，难道他还不清楚吗？

　　"好的，那我先去拿合同准备资料了。"

　　魏清宇满意地点头："去吧。"

　　待他的身影消失在走廊拐角处，齐晟也悄悄跟过去，四处望了望，确定没人才猫着腰微微探出头偷窥。

魏清宇走到高管专用电梯前,按键,等电梯的同时还稍微整理了下头发。

要保证自己从头到尾无懈可击!

齐晟忍不住捂着嘴偷笑,魏总这般行为才不像去下楼买咖啡,分明就是去求偶!

"齐晟,你小子这么猥琐,猫在这里看什么?"头顶有声音传来,一双手扶上他的肩膀。

齐晟抬头,与方铭四目相对。

方铭撑着他也探出头,看到魏清宇步入电梯。

"魏——"齐晟急忙反手捂住他嘴巴,慌忙看向电梯口,所幸电梯门已关闭下行。

方铭一巴掌拍掉他的手,呸了几声:"齐晟,你现在胆儿挺肥啊。不仅偷窥魏总,还捂我嘴巴!"擦擦嘴,继续道,"力气倒还不小啊,我看你条件不错,很适合去保洁部。要不我明天跟魏总申请下让你去报到吧。"

"不不不,方总你听我解释!"

方铭闻言双手环胸,微笑地注视着齐晟,大有一副不解释清楚我就让刚说的话成真的气势。

齐晟搓搓手:"事情是这样的,中午我给魏总带了一杯咖啡,魏

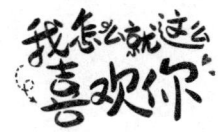

总觉得很好喝,就想自己再去买一杯,顺便找下咖啡店位置,这是魏总第一次自己去买咖啡,我担心他……"

"迷路?"

"对对对!"齐晟捣头如蒜,"所以就在这里偷偷目送他上电梯。"

"啪!"

方铭毫不客气弹他一个脑瓜崩:"魏总在你眼里就是这么智障的吗?你当他刚满月啊?"

齐晟揉揉脑袋,疼不堪言,深觉生活不易。

"说吧,魏总去干吗了让你这么猥琐地蹲在这儿?"

"去……"

"我可先说好了啊,"方铭打断他,坏笑,"我可把你刚刚的行为拍照了,要是不说实话,我就发公司内部群。"

"真是去买咖啡了!"

"哦。"方铭拿出手机,解锁,"那刚好,我也想喝咖啡了。我给他打个电话等我一下。"

"别!"齐晟按住方铭的手,这祖宗咋这么难糊弄!

方铭见他一副快急哭的样子,不忍再欺负他,收回手机,拍拍他的肩膀:"好了,就是跟你开个小玩笑嘛。谁还没点隐私呢,是不?我尊重你,不想说算了。我走了,你下次注意点别做这种事了。"

齐晟感激一笑。

方铭转身走向自己的办公室。

齐晟紧盯着他的背影，直到看着他走进办公室才长舒一口气，在裤缝上蹭蹭手上的汗做正事去了。

殊不知方铭就站在门后，看着手表算着时间。

三分钟过去了，他重新打开门走出去，直奔电梯，按下十五楼按钮。

啧，他刚刚可是留了个心眼儿，有注意到魏清宇那趟电梯在十五楼停住，直到他转身走都没动。

这两人最近奇奇怪怪的，还不带他玩。

齐晟还妄想糊弄他，哪这么容易！

叮咚！十五楼到。

这也是方铭第一次来十五楼，随便选了个方向走过去。

运气不错，刚拐弯就看到前方不远处魏清宇背对着他边走边张望。

要不是场合不对，他都以为魏清宇在散步。

可惜有些人啊，表面看起来淡定自若像散步，其实内心烦躁想跳脚了。

魏清宇下了十五楼电梯，并没有急着找许浪的公司，而是走到一旁的安全通道里，点了一根烟，想借口。

之前他没想太多，下了电梯才反应过来，要是不小心碰到许浪，该怎么解释？

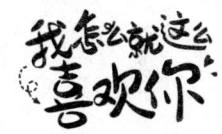

"听说你们公司搬过来了,我来看看。"这样不是显得自己太在意她了,她听了肯定尾巴都要翘上天,他不想看她嘚瑟样儿。

"随便转转。"这一听就是假的,这是写字楼又不是商场,转个屁啊,没有说服力!

"走错楼层了。"虽然听上去很合理,但如果她要多嘴问一句哪个公司的,他就没法接了啊。他常年待在最顶层,怎么知道这下面有哪些公司?

啧啧,前期攻略没做好,现在到了这里走也不是不走也不是。

想了许久,他决定就用最后一个借口,如果问起哪个公司,他就看周围,看到哪个说哪个好了。

结果他借口都想好了,却在这里面迷路了!

这一楼曲曲折折,诸多公司挤在一层,他走了好久都没看到许浪所在的公司。

啧,他当初直接租下最上面两层楼果然是明智的选择!

就在他耐心被耗尽时,他找到了。

他走近前台,刻意放低了声音:"你好,麻烦帮我找下许浪。"

小姑娘刚要开口,另一道声音响起:"我在这里!"

许浪捧着马克杯走过来,脸上是掩盖不住的惊喜。

她将杯子放在前台,嘱咐小姑娘先帮她收好,然后拽着他的胳膊往外走:"我们出去说。"

两人来到安全通道里,许浪松开他,笑得一脸狡黠:"你怎么知道我在这里的?"

"齐晟说的。"

哦,也是,中午才碰到过。

"那你怎么想着来找我?"

他总不能说找位置找得要冒火了,找到后就一时冲动进去找人了吧?不行,得重想答案。

许浪见他不说话,故意逗他:"你是不是想我了?"

"……"这女人也太厚颜无耻了吧?

"怎么不说话,被我说中不好意思了?"

"……"答案还没想出来!

"不说话就代表默认了啊。"许浪心里美滋滋,果然啊生病照顾什么的就是两人关系的增温剂——那场发烧值啊!

许浪喋喋不休在讲,魏清宇绞尽脑汁在想。

有了!他想到漂亮的答案了。

深吸一口气,他张嘴:"你……"

安全门外响起铃声。

外面有人偷听!

魏清宇大力扯开安全门,就看到来不及逃跑的方铭。

"你怎么在这里?"魏清宇皱眉。

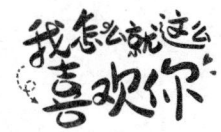

"嗨,美女好啊。"方铭先冲许浪打个招呼。

"你好啊。"许浪有点羞涩,这种偷情被人撞破的感觉是怎么回事?

看到许浪说完话,脸都红了,魏清宇心情十分烦躁,呵,跟他说了那么多厚脸皮的话都没脸红,跟方铭说一句话脸就红得跟猴子屁股似的,怕不是又看上他兄弟了?

魏清宇默不作声地往左移一步,挡住方铭的视线:"你还没回答我,你怎么在这里?"

方铭收起笑容,神情严肃:"我昨晚做了一个梦,梦到我在这栋楼的十五层丢了一百块钱,所以我来找找。"

"……"

"……"

许浪同情心泛滥,看着挺帅一男人怎么就脑子有问题?还是魏总最好!不仅人帅,更重要的是心智健全!

"智障。"魏清宇十分嫌弃。

做戏做到底,方铭继续严肃地说:"我已经找过一圈了,没找到。我先上去了,你等会儿要是捡到,记得交给我啊。"

"滚。"

"好嘞!"方铭愉快地转身,却被魏清宇一把拉住。

"我跟你一起走。"

他太清楚方铭的为人了，这会儿要是让方铭一个人离开了，晚点儿关于他的故事就会有十几个不同的版本在公司里流传。

"我还有事，先走了。"魏清宇对许浪说。

许浪目送他们离开，掏出手机点开微信群。

【浪得虚名】：我决定选个良辰吉日表白，众爱卿有什么想法尽管提出来。

【一马平川】：想好了？

【浪得虚名】：对！嘻嘻，他今天听说我们公司搬过来了，就赶紧下来找我了！

【浪得虚名】：我刚逗他，他还特别害羞。哈哈，要不是没名分，我都想撞他怀里了！

【浪得虚名】：啊啊啊！我要告白，我要将他占为己有，我要光明正大地牵手！

【曼曼青青】：他害羞？这怕不是你自己想象出来的吧。

【浪得虚名】：滚滚滚！我这是用我明亮的大眼睛看出来的。

【一马平川】：告白的话，大后天不错，祝好运。

【曼曼青青】：你快提前带着我的祝福滚吧。

许浪打开日历，大后天周六又是6月6号。

六六大顺，就这一天吧，她不等了。

【浪得虚名】：众爱卿就等朕好消息吧，若是成功，朕必有重赏。

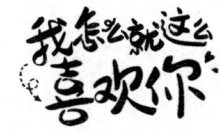

2.

跟人表白时一定要拿出自己最好的状态!

晚上,许浪看着镜子里明显圆润的脸,叹了口气。

她带着渺渺冲下楼,去小吃街买了烤串和绝味回来。

一人一狗隆重地同它们做了一场告别。

饭饱水足后,许浪瘫在沙发上,边揉肚子边撸着渺渺背上的毛,感叹道:"多吃点啊,乖。接下来三天我们就不能吃肉啦!"

可惜渺渺不懂她的悲,只顾着津津有味地啃鸭架。

为表决心,许浪还给自己制订了严格的改造计划,归结起来就是少吃多运动!

还好,功夫不负有心人。6月5号晚上,许浪满怀希冀地站到秤上,发现自己瘦了四斤!

6月6号早晨,许浪一觉睡到自然醒,睁开眼就捞过手机给魏清宇发消息:"魏总晚上有空吗?我卡文了,晚上想和你讨论一下接下来的剧情发展内容。"

正在收拾东西准备回老宅过周末的魏清宇:没空!晚上约人谈剧情,必是心怀不轨!

但身体比大脑诚实的魏清宇:"有空,几点见。"

"六点。"这么多六今天一定大吉!

看着对方发过来 OK 的手势，许浪对着手机屏幕就是一个"么么哒"。

想想过了今晚她就不再是单身狗了，许浪开心地在三人群里连发六个六元红包。

哼着小曲起床、洗漱，给自己做了一份丰盛的早餐，渺渺也似乎感受到她的愉悦，一直跟在她屁股后面摇尾巴。

下午三点，去理发店洗头做发型。

下午四点，挑选衣服搭配造型。

下午五点，对着梳妆镜化淡妆。

她涂上正红色口红，完成化妆的最后一步，魏清宇的微信消息就发过来了。

"我在你家楼下。"

许浪背上小挎包，对着镜子转了一圈。

她上身穿着一件纯白色泡泡袖娃娃领衬衫，下面配了一条齐脚踝的半身大红色 A 字裙，波浪大卷的长发随意披着，显得特别小清新。

哎呀！像她这种美艳动人的小仙女就要便宜魏清宇了！他要是不好好珍惜，她就跳起来打爆他的"狗头"！

下了楼，她看到魏清宇站在大树下，正背对着她打电话，白衬衫袖子挽至小臂，黑西裤，一手插在兜里，一手在接电话。

她轻轻走过去戳戳魏清宇的手臂，魏清宇看到她时有一瞬间的

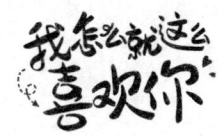

愣怔。

他不得不承认,今天的许浪特别好看。

电话那头魏清轩还在嚷嚷着:"你为什么不回来?我今天可是特意推了陈渺的约,在家等你回来加深我们兄弟情的!"

魏清宇直接挂断电话,盯着许浪。

呵,真被他猜中了,穿这么漂亮约他出来只谈论剧情,他可不信。

许浪被他那如火如炬的目光看得小鹿乱撞,娇羞地低着头用手撩起耳边一缕散发别在耳后,这是她之前在网上学的,据说这个动作会让女性显得特别性感。

她抬起头,看到魏清宇直勾勾的眼神,莞尔一笑:"魏总,我们先去吃饭吧。"

魏清宇没反应。

许浪又重复一遍,他这才如梦初醒,点点头转身先走。

魏清宇你也太不争气了吧!她不就撩个头发嘛,以前在你面前故意搔首弄姿的女人多了去了,你也没像今天这样居然看迷了啊!看来对方功力很深,自己得多加小心了!魏清宇暗暗地想。

来到车前,魏清宇绅士地为许浪打开副驾驶的门,许浪美滋滋地坐进去。

待魏清宇也上了车,许浪就把事先搜好的餐厅发给他:"我们去这里吃吧,听说特别好吃。"

魏清宇看了眼名字,很熟悉,是魏清轩爱吃的那家,魏清轩第一次去吃完之后还嚷着要来拜师学艺。

他打了个电话订好位置,就发动车出发。

车子平稳行驶在马路上,两人不约而同都没讲话,许浪被这安静的气氛搞得很紧张,便提议说:"魏总,我们打开广播听听吧。"

魏清宇伸手拧开广播。

"终于你做了别人的小三,我也知道那不是因为爱……"

我去!这是什么恶俗歌曲,破坏气氛!许浪赶在魏清宇前面调了频道。

"你好,知心姐姐。我是一名高三学生,我最近实在忍受不了了,我想跟你讲一讲我的故事。"

故事?这个好。许浪来了兴趣,等会儿可以以此为话题跟魏清宇说话,打破尴尬。

"知心姐姐,我最近发现我爱上了我的同桌……"

你一高中生不好好学习玩什么恋爱?要说也应该挑午夜档讲啊,这大白天的讲出来不怕被家人知道吗?年轻人做事真的不谨慎啊!

许浪愤愤地换了频道。

"老公,我怀孕了!"

"啊?老婆,我还没准备好,这怎么办啊?"

"老公别担心,快带我去××医院,听我同事说,那里的无痛人

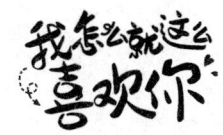

流做得最好了!"

……

许浪已经无力吐槽了,直接关了广播,靠在椅子上。

魏清宇竭力忍住不笑:"要不你现在跟我讨论下剧情?"

许浪心里一激灵,怎么好端端提起这个?

鬼的剧情需要讨论,那只不过是她约他出来的一个借口。

她还是闭上眼装睡吧。

魏清宇等了许久都没见身边人回答,趁着等绿灯时往旁边一看,许浪睡着了。

许浪没想过自己真的会睡着。她闭上眼睛想着接下来的计划,想着想着就没了意识。

等再次醒来,车内只剩她一人,身上还盖着一个薄毯。她环顾四周,魏清宇在不远处打电话。

起身对着化妆镜整理了下妆容,许浪才推门出去。

魏清宇见许浪过来,匆匆交代几句就挂了电话。

"你醒了?"

许浪欲出声肚子先咕咕地响了,她不好意思地笑了笑。

魏清宇也弯唇一笑:"走吧,我们上去。我刚已经打电话让他们上菜了。"

走进餐厅大门,服务生就笑着迎上来打招呼:"魏总,欢迎光临,这边请。"

服务生带他们左拐右拐绕过大堂来到一个幽静的小包间里。

许浪一进包间就被墙上悬挂的泼墨山水画吸引，云山雾绕间隐约可见一老者骑着小毛驴从两山之间的小桥上走过，非常有禅意。魏清宇见她盯着那画，便开口："这幅画是我弟画的。"

啊？魏总弟弟？

"他在这里吃了一次饭之后就上瘾了，经常嚷着过来吃，后来还跟这家店老板交了朋友。这间包间就是老板给我弟专门留的，我弟非常高兴，为了宣示主权，还特意在这里挂了一幅他的得意之作，没想到后来被老板看到觉得挺不错的，就让他根据每个包厢的主题各画一幅。"魏清宇想到他弟听到老板这个要求时欲哭无泪的脸，就忍不住笑出来，"他后来连画了三天才画完。这之后，再听到有人拜托他画幅画，他就想打人。"

"你弟弟真有趣。"许浪由衷感叹道，"我小时候也好想有个弟弟，但我妈当初生我时差点因为难产没了，所以后来我爸一直不想让她再生了。"

"但我小时候却不是很喜欢我弟弟。"

"为什么？"许浪好奇。

"因为……"魏清宇看着她，一时不知道怎么开口，总不能说因为小时候你总跟他玩不跟我玩，或者因为小时候他比我好看。

· 148 ·

"咚咚!"

"魏总,可以进来上菜吗?"

"进来吧。"

一道道精致的菜肴摆上桌,许浪不自觉地咽了咽口水,很想拿起筷子不顾形象大吃一顿,但看了眼坐在她对面的魏清宇,理智唤回了她,只得小筷子小筷子地夹菜,细嚼慢咽地品尝。

等到菜品都快见底时,许浪才心满意足地放下筷子,用纸巾擦擦嘴找了借口去洗手间补了个妆。

【浪得虚名】:刚跟魏总吃完饭,等会儿准备告白了,好紧张,求鼓励。

【曼曼青青】:你的好友在线为你点播一首《勇气》。

【一马平川】:别紧张,等你好消息。

【浪得虚名】:收下你们的鼓励,妹妹我大胆地往前走!

对着镜子深呼吸几次,握拳给自己加加油,许浪再次回到包厢。

餐桌上已经被人清理得干干净净,魏清宇坐在一旁喝茶,见她回来,说:"我们现在来讨论剧情吧。"

怎么又是讨论剧情啊!刚吃完饭不要提这种影响消化的话题好不好?

"别着急,其实我刚刚吃饭的时候已经梳理得差不多了。我自己想一下,等会儿再与你讨论。"

魏清宇但笑不语。

过了一会儿，许浪又说："魏总，我听说这附近有家清吧还不错，离这儿不远，我们一起过去坐坐吧。"

那家清吧许浪也做过攻略的，晚上七点以后会有民谣歌手驻场，环境文艺又安全，算是本市著名的告白圣地。

试想一下，昏黄的灯光下，微醺的男女，听着舒缓的民谣向对方吐露爱意，多浪漫啊。许浪已经决定如果今晚告白成功就把这段润色一下，写到下篇小说里。

嗯……下一篇现代都市文，安排上！

魏清宇看着许浪一会儿一变的脸，不知道她又在打什么小算盘了。

没关系，反正都已经来了，一切随她吧。

片刻后，两人就到了许浪说的清吧里。

找了一个角落坐下，服务员将单子递过来。

上面有酒有茶还有果汁，酒能壮人胆，许浪果断地把目光放在酒单类。

酒单上方除了常见的哈啤、雪花纯生、百威，余下的就是各种稀奇古怪的名字，许浪很少喝酒，所以对此研究不多。她很想问问魏清宇的意见，但又不想让自己显得多没见识。

"我要一杯蓝色玛格丽特。"许浪愉快地做出决定，虽然不知道是啥，但蓝色是她的幸运色，选这个应该没错。

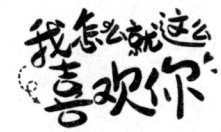

她开心地把单子递给魏清宇,魏清宇瞥了一眼说:"一杯黑方,不加冰。"

服务员很快将两人的酒水送过来,待服务员走后,许浪酝酿着先说点什么。

"魏总,我们玩个游戏吧。"

"什么游戏?"

"脑筋急转弯。"

魏清宇拒绝:"要不我们还是讨论剧情吧。"

许浪有点烦躁,这人怎么回事?怎么老提剧情呢?这种氛围多适合脑筋急转弯啊,出一些搞笑的脑筋急转弯,两人哈哈大笑一番,既活跃了气氛又消除了她的紧张感,然后趁着气氛最好的时候她一表白,他一答应,她就立刻扑到他怀里,他顺势抱起她转圈圈,多完美啊!

怎么就这么不解风情呢!非得逼她拿出撒手锏是不?

"就脑筋急转弯,你答对一题我加更3000字,明天晚上一起交给你。"

"好,你出题。"

"一匹马和一头驴出去玩,遇到一条大河,结果马过去了,驴却没有过去,为什么?"

魏清宇皱眉:"因为小马以前过过河?"

"嗯?"许浪不明白。

"小马过河啊,以前小学课本上有。现在小马变成了大马,它有经验啊。"

噗!

"不对,你答错了。"许浪微笑,"正确答案是马是河马。"

"河马跟驴一块出去玩?"魏清宇不可置信。

"脑筋急转弯嘛,别太较真。"

魏清宇败了。

许浪继续出题:"一棵苹果树上有三个苹果,现在过来了三只小猴,他们在这树上玩了十分钟就走了,请问树上现在有几个苹果?"

"没了。都让猴摘走了。"

"不对,正确答案是还有三个苹果。"

"为什么?"

"因为猴子爱吃香蕉不爱吃苹果啊。"

魏清宇:"……"

"别气馁,这次我给你出个简单点的。"许浪抿了一口酒水,"小明带了 100 元钱出去买东西,买了 75 元钱的玩具,但老板只找他 5 元钱,为什么?"

"老板找错了钱了。等会儿小明就会回来要剩下的钱。"

许浪:"不对。"

"那为什么少找他 20 元?"

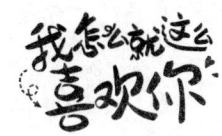

"因为小明给了老板 80 元啊。"

"可他出门不是带了 100 元吗?"魏清宇不解。

"是啊。但那 100 元是零钱构成的啊。"

魏清宇无语,心好累不想再猜了。

许浪乐呵呵地准备再继续出题,魏清宇拦住她:"你今天约我出来就是为了给我出脑筋急转弯的?"

一语惊醒得意人啊!她是来给人表白的不是来给人出脑筋急转弯的!

心里默念几遍,许浪有些娇羞地开口:"其实呢,我今天是想问问你……"

"嗡……嗡……"魏清宇放在桌上的手机响了。

许浪瞄过去,只见屏幕备注是"智障"。

"不用理,你接着说。"魏清宇点了拒接,他隐约觉得接下来要有大事发生。

"我想问问你谁是智障?"怎么把心里想法说出来了?

"那是我弟。"

"哦哦。其实我不是想问这个,我吧,就是听说魏总您……"

"嗡……嗡……"手机又响了,依然是"智障"。

许浪看看屏幕看看他:"应该是找你有什么急事吧?要不你先接个电话?"

魏清宇思索两秒，拿起手机杀气腾腾地往洗手间走去。

"哥！你刚为什么挂我电话？你在外面是不是有别的'狗'了？"

魏清宇不耐烦地喷了一声："你能不能成熟一点？"

"嘤嘤嘤，哥，你变了！"

喷！真想冲过去揍他！

"快闭嘴！有事说事，没事我挂了。"

"别别别……"魏清轩迅速恢复正常语气，"没别的事，咱妈就是让我打个电话说一声你明天必须回来一趟，她有大事要跟你讲。"

"什么事？"

"相亲啊！"魏清轩语气很兴奋，"妈妈不知道在哪儿认识了一个朋友，那阿姨家有个女儿，跟你年龄差不多，国外留过学的女博士呢，今晚还来咱家吃饭了呢！哥，我可是替你把关仔细看了她一下，长得不赖啊！就是不咋爱说话，你明天回来瞅瞅，把我嫂子定下来呗！"

"定个屁！明天不回了！"魏清宇暴躁地挂断电话，为了防止弟弟再在关键时刻打电话过来，还特意发了条短信警告——

"我今晚有重要的工作要处理，你要再打电话过来就等着我回去弄死你！"

嘤嘤嘤，哥哥太凶残了！

正在王者峡谷激战的弟弟被这条警告短信吓得手一抖，一颗炮弹朝着自己的老窝飞去……

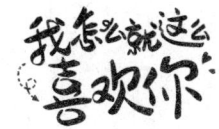

许浪的一杯酒都见底了,魏清宇才回来。

"魏……魏总,你回来了。"许浪有点大舌头。

"你喝醉了?"魏清宇站在她面前俯身看她,双颊泛红,眼神有点涣散,应该是醉了。

"没有。"许浪正襟危坐,仰着脸严肃回答,"我只是有点微醺。"话落,她伸手拽拽魏清宇衣袖,"你先坐下,仰头看你我头晕。"

魏清宇依言坐下。

许浪盯着他看了一会儿,突然起身道:"你先坐这儿别动,我去给你买橘……不是我去给你点首歌。"

魏清宇按住她:"你喝醉了,我们走吧。"

"我没喝醉,真的。我知道一一得一,一二得二,一三得三,一……"

魏清宇头疼地松开她,免得她继续背乘法口诀。

许浪走向舞台,递了钱给舞台旁的服务员,在他耳边说了几句话,就转身回来。

一曲结束,民谣歌手对着话筒说:"刚刚有一位许小姐点了首歌,是要送给在座的魏清宇先生,她说歌词代表她的心。"

许浪回到座位上,单手托腮对他粲然一笑:"魏总,你可要仔细听好啊。"

魏清宇的心瞬间提了起来。

紧接着,他听到民谣歌手唱:"你怎么这么好看!这么好看怎么办……"

魏清宇风中凌乱了,始作俑者还在邀功:"怎么样,喜不喜欢?我特别叮嘱过让他把歌词里的'我'都换成'你',嘻嘻!"

许浪见魏清宇脸上既没有感动也没有开心,暗自沮丧了片刻后右手一挥:"没关系,你不喜欢那我再去点一首!寡人今天定要让爱妃笑出来!"

魏清宇震惊地望着她。

许浪也被自己惊得虎躯一震,酒醒了一半。

她刚刚说了什么!周幽王博褒姒一笑这种戏码自己就在心里想想不好嘛,怎么就说出来了呢!

"你……还愿意听我解释吗?"许浪弱弱地问。

魏清宇扶额:"我不想听。"

"哦。"许浪内心长舒一口气,正好她也不用编了。

看了眼时间,已经晚上九点多了,今天的正事还没说呢。许浪眼一闭,心一横,豁出去了。

"魏总,其实我今天来是想跟您应聘的。"

应聘?搞了半天约他出来吃饭就是为了求职?

魏清宇有点淡淡的失落:"什么职位?我去跟人资打声招呼。"

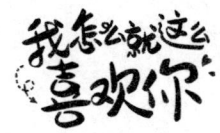

"不用过人资,只要您同意就好。"许浪笑嘻嘻地说,"魏总,听说您总裁夫人一职常年空缺,我今天想毛遂自荐,求批准!"

魏清宇的心剧烈跳动,他等这一天等得太久了。

"不要。"

许浪不敢相信地看着他:"你说什么?"

"不要。"魏清宇露出一个微笑,"我不和丑的人谈恋爱,会被传染。"

"那……那你之前那些行为……"许浪特别心慌,她一直以为两人是两情相悦,只是他傲娇不说而已,难道是她感觉错了?

"工作需要而已。"他说得理直气壮,脸上就差写着"我的眼里只有稿子没有爱情"这几个字。

许浪愣愣地盯了他几秒,站起身抓着包就往外走。

魏清宇有些傻眼,她……就这样走了?都没想起来什么吗?

许浪走得很快,等魏清宇追出去的时候,许浪恰好上了一辆出租车。等不及回车库开车,魏清宇也拦了一辆出租车,让司机紧跟其后。

许浪是在余曼青住的小区门口下的车,被魏清宇拒绝后她的第一念头就是要去找余曼青,和余曼青吐槽这件事!

朝前走了几步,突然又想到她刚刚在车上哭了一场,眼睛还有点红,心情还没完全平复,样子也不好看,这样进去依余曼青那暴脾气,肯定要想方设法找魏清宇替她出气的。虽然她很难过，但仔细想想魏清宇也没做错什么，只是破坏了她两情相悦的美好愿景而已，更何况他们的合约还没结束，以后说不定还要经常见面，她不想闹得太难看。

余曼青所在小区的马路对面有一片湖，许浪决定先去湖边的亭子里坐坐，冷静冷静再进去。她刚沿着马路台阶下去，就看到不远处亭子里坐了一对正在卿卿我我的小情侣。

心灵受到二次刺激的许浪只好反方向沿着湖边石子路走，走了数米远，就听到后面一阵急促的脚步声，随即被人一把拽住胳膊。

"许浪，你脑子有毛病吧？我不过是拒绝你一次而已，你犯不着跑这么远自杀吧！"

许浪惊魂未定地看着突然出现在她眼前的魏清宇，真的吓死她了。刚被人拽住时，她以为是坏人差点就尖叫出来，不过……他刚刚说什么来着？

自杀？她？他怎么想得这么美啊？

许浪很生气地想甩开他手，奈何他死死拽着。

"许浪你能不能冷静一点，你想想你挖的坑还没填呢，你现在跳湖了那些读者怎么办？你对得起他们的期盼和喜欢吗？"

许浪放弃挣扎，叹了一口气："我说魏总你是不是对我有什么误解，我是那种心灵脆弱得不堪一击的人吗？我没想着跳湖自杀。"

"那你来这湖边干什么？"

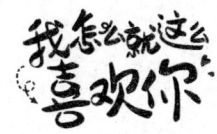

"散步。"

"我不信。"魏清宇嗤笑一声,"散步你怎么不在你家附近散,而是跑到这么远的湖边?"

许浪翻了个白眼:"对面小区是余曼青家,我现在情绪不好,就想先来湖边散散步。"

魏清宇尴尬地松开她,侧过身站一边:"那上去吧,我送你去朋友家。"

许浪不动:"那现在该你回答我的问题了,你为什么会在这里?"

"跟着你的车来的啊。"魏清宇大方承认。

"那你为什么跟着我?"

"为了确保你是否安全到家。"

许浪内心噌地又燃起一簇小火苗:"那你这是在担心我喽,你为什么这么担心我啊?你是不是其实还是有点喜欢我的?"

"不可能!"魏清宇说得斩钉截铁,仿佛也是说给自己听的,"我才不会喜欢你!"

许浪气结:"为什么?"

"因为你丑,我不和丑的人谈恋爱,会被传染。"他再次说道。

他就不信她还是没觉得这话耳熟。

然而,许浪又一次让他失望了:"我哪里丑了?从小到大,我的父母、街坊邻居、老师同学都夸我长得好看,而且还是越长越好看!

就你说我丑,你是不是应该反思一下自己?"

说完,许浪朝他迈了一大步,双手扶上他的肩,踮起脚:"你再仔细看看,我哪里丑了?"

魏清宇被她突如其来的举动弄得愣在原地,两人近到呼吸相闻,湖边的灯光碎在许浪眼里,亮晶晶的。他的心渐渐不受控制地加速跳动起来。他还真说不出来许浪哪里不好看了,相反,他倒能说一堆许浪哪个位置又变好看了。

直到脚酸许浪都没等到他回答,她泄气地放开他,垂头丧气地说:"算了,毕竟只有情人眼里才出西施。以前是我自作多情了,我也承认最开始喜欢你是因为你长得好看,但现在都不重要了。强扭的瓜不甜,我以后就不喜欢你了。"

说罢,她还特意勉强地挤出一个笑脸:"我妈说了,三条腿的蛤蟆不好找,两条腿的男人多的是。你就不用担心我接下来会有啥想不开的了,我们以后只是合作关系。"

魏清宇脸色冷下来:"许浪,我真没想到你人肤浅就算了,连喜欢都这么肤浅。"

"你什么意思?"

"你看你说你喜欢我,结果呢?我不过是拒绝你一次,你就决定放弃了,你心里的喜欢也不过如此!"

许浪火大,真可谓活久见啊!

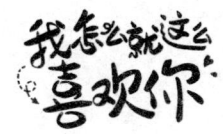

她这还是第一次遇到这种人,跟他表白他嫌弃地拒绝,她要放弃他却又反过来批评她肤浅?这不就是一个渣男必备的条件之一嘛!

许浪越想越气,最后扬起了巴掌……

"所以你给了他一巴掌?"余曼青兴奋地问。

"并没有。"许浪摇摇头,"你也知道我这个人,对着那张帅气的脸我下不去手啊!"

余曼青一脸"你没救了"地看着她:"那最后呢?你啥也没做?"

"当然不是!"许浪急忙解释,"我非常帅气地朝他竖起了右手中指,并不屑地对他说'呸!渣男',然后就潇洒地走掉了!"

余曼青鼓掌:"恭喜你,趁早看清了一个渣男的真实面孔并及时止损。明晚我请你去吃火锅,我们庆祝一下!"

许浪开心不起来:"可我总觉得哪里不对。"

"哪里不对?"余曼青打了个哈欠,"你就别想太多了,赶紧洗洗睡吧。"

许浪若有所思地去洗漱,躺到床上后打算将两人今晚发生的所有对话从头到尾像播放慢电影似的重现一遍,奈何夜深人静她之前又消耗太多脑力,于是慢电影刚播了一半,浓浓的睡意就向她袭来,不消片刻便沉沉睡去。

3.

同一时刻,城市的另一个角落里,有人却失眠了。

魏清宇躺在床上翻来覆去睡不着,闭上眼睛是现在的许浪,睁开眼是小时候的许浪。

他索性起来靠坐在床头,拧开床边柜子上的台灯,从抽屉里拿出一本很旧的诗集,他快速地翻动着,不一会儿就找到夹在书里面的那张照片。

那是十五岁的许浪,身穿蓝白色校服,头发全部梳在脑后高高扎起,露出干净白皙的脸庞,不知道是因为什么,她笑得特别开心,不仅眼睛弯成一座桥,嘴角也高高翘起,露出整齐洁白的牙齿。

魏清宇一直都觉得许浪的笑容特别有感染力,每当她笑着看向他时,他就想跟她一起笑。

魏清宇第一次见许浪是在他五岁,那时候正是他爸爸创业时期,父母早出晚归,他和弟弟由家里保姆照看,后来因为保姆家出了点事仓促离职,一时间没人照顾他们,于是夫妻俩一商量就把他们兄弟俩先送到南方的爷爷奶奶家。

魏清宇哥俩到爷爷奶奶家没多久,就托关系进了当地的幼儿园。

魏清宇在大班,魏清轩在小班。进班的第一天,老师就安排他和许浪做同桌,说许浪是班级里最受欢迎的小朋友,非常热情善良,和她一起坐,可以帮助他尽快适应新的环境。于是,他满怀期待地在她

· 162 ·

旁边坐下,不顾老师在讲台上讲课,迫不及待地从书包里拿出一块巧克力递过去,略带讨好地说:"我叫魏清宇,很高兴认识你。"然而对方只是淡淡地看他一眼,把椅子往旁边移了移,回道:"我不喜欢吃甜食,谢谢。你还是认真听讲吧。"

他有些失望地收起巧克力,开始听课。

老师声音婉转动人,魏清宇认真听了几分钟,就有些坐不住了,因为他饿了。可能胖子饿得都比较快,距离吃完早餐也不过三个小时,他就又想吃东西了。被拒绝的巧克力就放在桌兜边缘,他一低头就能看到。他看了看老师,又看了看巧克力,再看看正专心听讲的许浪,他偷偷拿过巧克力轻轻撕开,趁老师回头写板书时迅速掰了一小块放进嘴里。巧克力特有的醇香味在嘴里散开,他忍不住眯起眼。吃完一小块不觉得满足,他又掰了一小块,刚放进嘴里,许浪就看了过来。

她面无表情地盯着他的嘴巴,没有说话。他却开始心慌,上课偷吃东西被发现了,如果许浪这时举手报告老师,老师再告诉家长,那他以后上学就不能再带零食了。因为他早晨跟爷爷拉过钩的,带零食吃可以但不能在上课时间。

他紧张地和许浪对视着。

一秒……两秒……三秒……

最终,许浪移开视线,继续听讲。他心里长舒一口气,对这个同桌多了几分好感。

老师说许浪是班级里最受欢迎的小朋友，开始他还有些不信，但经过几天的观察，他发现老师没有骗他。每到下课，他们的课桌前就围满了小朋友，不是来找许浪问问题的，就是邀请许浪去家玩的，还有一些是来送许浪零食的。而且不只是学生，连老师也对许浪宠爱有加，每堂课许浪必被点名起来回答问题。

只是……不知道是不是他多想了，他总感觉许浪不是很喜欢搭理他。最明显的就是别的小朋友找许浪聊天或者做游戏，许浪都是笑嘻嘻地接受，但到他这里，就是委婉拒绝。他问她问题，她会说："这个我刚好也不会，不过我知道小兰会，要不你去问她吧？"他送她零食，她会说："我已经有很多了，你饿得快就留着自己吃吧。"他找她玩，她会说："对不起，我已经和别人约好了，我们下次再一起玩吧。"

总之，她会有各种理由拒绝他，偏偏还都很合理，不会让人生气。他看着她认真听讲的侧脸，心想等下课就约她这周六去他家玩，因为只要在学校她身边总有很多小朋友，他都没机会说，还不如请她去他家玩，然后认真和她聊聊天。如果她真的讨厌他，他就跟老师讲调个位置。

等到下课，他酝酿了一会儿，正准备开口约许浪出去聊天，就听到门口传来一声响亮的哭腔："哥——"

他一抬头就看到哭得一把鼻涕一把泪的魏清轩。

看了眼又被别的小朋友围住的许浪，他慢跑到门口，刚把纸拿出

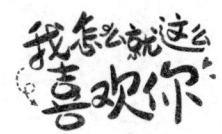

来,弟弟就一头扎他怀里:"哥,我被人欺负了!"

"怎么回事?谁欺负你了?"

弟弟仰起脸:"我们班小胖,他骂你是肥猪!我去打他就被推倒了!"

小胖?魏清宇想了会儿知道是谁了。不知道为什么,每个班都会有一个胖子这已经变成一条规律,他们班的胖子是他,魏清轩班上的胖子就是那个叫小胖的男孩子。他放学去等魏清轩时见过小胖很多次,个子没他高,体形却跟他差不多。

他替弟弟擦干净脸上的泪,问:"小胖为什么骂我是肥猪?"

魏清轩抽抽噎噎地把事情缘由说了一遍。

事情起因是一节健康卫生课,这节课老师讲的是饮食均衡的重要性,为了更有说服力,就顺口拿了班里的小胖做例子,说他才三岁半,体重却有四十五斤,小小年纪就得挺个小肚子,这样是不健康的,如果不调整长大还会继续胖,到时候走路都困难。小孩子自尊心高,一听到被单独拿出来做例子讲,就不愿意了,想到之前见过的魏清轩的哥哥,也不管老师认不认识就哭闹着说:"那魏清轩的哥哥比我还胖,跟只猪似的,你怎么不说他呢?"魏清轩虽然知道自己哥哥胖,但都觉得那是胖得可爱,现下有人把他哥比喻成猪,他就生气了,跑过去抬手就要挠小胖,小胖比他高又比他胖,见他张牙舞爪的,就轻轻推了一把,没想到就把他推倒在地了。虽然后来经过老师调解,表面达成和谐，但魏清轩心里还是气不过，一下课就哭着来找哥哥告状。

魏清轩听完，心里很是感动，他对自己比别人胖这件事不是很在意，毕竟吃得都比别人多，相应地比别人多长几斤肉也是应该的。

"没关系的……"

"这真是太过分了！"许浪从魏清宇身后走出来，看着魏清轩，"我是你哥哥同桌，许浪。我不能看着同桌弟弟被欺负而不管！"她蹲下来握住魏清轩的手，"下节课你把小胖约到操场大象滑滑梯那里，姐姐替你报仇！"

魏清轩看了看已经呆在一旁的哥哥，愣愣地点头。

再上课，魏清宇明显感觉到许浪对他的态度变了。

她不仅把椅子往他这边挪了挪，还趁着全班跟读时跟他讲小话。

"魏清宇，刚刚那个是你亲弟弟吗？"

"嗯，比我小两岁。"

"你弟弟长得好可爱啊，我想跟他做朋友可以吗？"

"可以啊。"魏清宇趁机邀约，"你这周六有空吗，可以来我家玩。"

"有有有！"许浪连忙答应，"你晚点把地址告诉我，我周六要我妈妈送我过去。"

"好。"

就在魏清宇盼星星盼月亮中，周六到了。

这一天魏清宇难得没有睡懒觉，七点多就起来，吃过早餐后硬拉

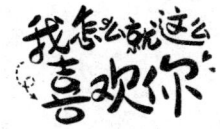

着奶奶去附近商场买了一堆女孩儿喜欢玩的玩具,自上次放学回来魏清宇和魏清轩两人你一言我一语地讲了许浪是如何将那个欺负弟弟的小胖制伏,并且小胖后来再见魏清轩都是绕着走这件事之后,爷爷和奶奶就对这个热心勇敢的小姑娘特别好奇。得知周六小姑娘要来家里做客,他们不仅放任魏清宇买一堆女孩子玩具还额外挑选了一些小女孩爱吃的零食。

奶奶拎着大袋子,魏清宇抱着芭比娃娃套装,俩人说说笑笑往家走。爷爷家是一栋独立的三层小别墅,他俩刚走到门口,魏清宇就听见许浪奶声奶气的喊声:

"魏清轩,你藏好了吗?我现在去找你了呀!"

许浪今天穿着一条淡蓝色蓬蓬裙,梳着一根麻花辫,穿着黑色的小皮鞋,比故事书里的插画公主还要漂亮,尤其在看到奶奶回来后,积极主动去帮忙拿东西,甜甜地说着"奶奶好",奶奶一下子就喜欢上这个可爱的小姑娘了。

奶奶将玩具和零食往桌子上一放,喊爷爷下楼来嘱咐几句,她就出门找老姐妹们搓麻将去了。奶奶一走,爷爷跟他们叮嘱几句就继续回二楼书房看书。

没了大人,三个人跟撒了欢的小狗似的,满院子乱跑玩捉迷藏。

"你们快点藏好啊,我数三下就去抓人啦!"许浪自己捂着眼睛,大声数着,"一——二——三——我来啦!"

魏清宇窝在客厅茶几旁边的杂物柜里,他透过柜门缝隙看着许浪在客厅东找西找,随着许浪越走越近,他的心脏也越跳越快,他屏着呼吸注视着站在柜子前的蓝裙子。就在他犹豫要不要主动跳出来让她找到时,蓝裙子转个身出去了。他有些庆幸,又有些得意,甚至,他想等许浪待会儿喊他名字时,他再跳出来嘲笑她她刚刚差一点就找到他了。

可是,等了十几分钟,他都没听到许浪的喊声,当然,还有魏清轩的。

又耐心等了一会儿,等到他憋不住想上厕所了,他才慢慢从柜子里爬出来奔向厕所。

洗完手回到客厅,里面仍是静悄悄的,就连他刚才匆忙离开没有关好的柜子门还敞开着。

他们去哪儿了?

魏清宇关好柜门,走出客厅。

不用刻意找,许浪和魏清轩正坐在院子里的葡萄架下的石桌前,许浪拿着一把小梳子在给芭比娃娃梳头发。

刹那间,从未有过的失落漫上心头。

"你们在玩什么?"

"过家家啊,哥哥。"魏清轩见他过来扯着他袖子,"我刚刚捉迷藏时摔倒了,许浪姐姐就说不玩捉迷藏了,改玩过家家。许浪姐姐

· 168 ·

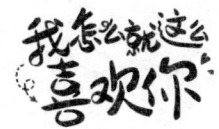

说她扮演妈妈,我扮演爸爸,芭比娃娃扮演我们的宝宝,哥哥你想扮演什么?"

他看了眼正专心给芭比娃娃编辫子的许浪,说:"我想演爸爸。"

"行!"

"不行!"许浪迅速抬起头拒绝,"你不能演爸爸,你刚好是哥哥,就演哥哥好了。"

"我不要!"魏清宇不愿意,"弟弟比我小我不想喊他爸爸。"

"那就爷爷。"许浪笑着说,"我们喊你爸爸可以吗?"

魏清宇思索了会儿,摇摇头:"我只想演爸爸。"

"你不能演爸爸!"许浪很坚定。

"为什么?"

"因为我演妈妈。"许浪指指自己又指指魏清轩,"我要选我喜欢的人演爸爸!"

说完,她就和魏清轩对着傻笑。

魏清宇站在中间,只觉得特别委屈。

因为这次做客,许浪和魏清轩的关系越发亲密了,魏清轩很喜欢跟这个漂亮的姐姐玩,因为这个姐姐想出的游戏都特别好玩,都是他之前从没玩过的,比如掷沙包、滚铁环还有跳房子等等。许浪也因此变成这里的常客,每周六或周日都会央求妈妈送她过来玩一天。许父许母看到自己女儿和小朋友玩这么开心,也都打心底高兴,再送来玩时,还会带一些给老人家的小礼物以表谢意。爷爷奶奶看到自己两个孙子因为许浪性格变得比以往活泼许多,也是十分开心。

所有人都是发自内心地开心,唯独魏清宇不是。

他很喜欢和许浪一起玩,但许浪更喜欢和魏清轩一起玩。

魏清宇不懂,为什么明明他们是同桌,但许浪和弟弟的关系更好一些。

他曾直白地问过许浪,但许浪给出的理由是弟弟年纪最小,所以需要更多的关爱。

这个理由让魏清宇觉得羞愧,都是同龄人,许浪想的就比她更全面一点。在此之前,他一直觉得自己比其他同龄人早熟,因为他从小就爱看书,再加上父母望子成龙,从他懂事起就报了各种培训班,接受的教育比别人早还比别人多。没想到遇到许浪之后,他发现和许浪相比,他还是很幼稚的。

可直到那件事的发生,他才明白事情的真相不是他想的那样。

那件事发生在大班下学期,那一节课是体育课,老师先是带着他们复习了一遍广播体操后,就组织大家玩游戏。游戏名叫丢手绢,很经典的游戏,小朋友们围成一个圈坐在草坪上,老师选一个同学拿着手绢,在大家背后绕圈行走或跑步,大家一起唱《丢手绢》这首歌谣。歌曲唱完,拿手绢的小朋友把手绢放到任意一个小朋友身后,然后原

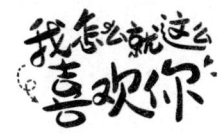

本坐着的小朋友就起身拿着手绢去抓丢手绢的人,如果抓到,丢手绢的人就要站在圆圈中心为大家表演节目,如果没追上,丢手绢的小朋友坐在这个抓他的小朋友空位上,那个小朋友就得继续转圈把手绢丢到其他人身后。

这个游戏玩了几圈,魏清宇后面就被人放了手绢。经过旁边小朋友提醒,魏清宇起身就去追,但碍于他比较胖,那个丢手绢的人又存了心逗他,就直绕圈让他追,绕了四五圈那人还不停下。他已经跑得有些喘了,那人还在绕圈走。

许浪不耐烦了:"你能不能坐下?等会儿就下课了,还有人没玩游戏呢!"

她开个头,其他人就附和,都要求那人赶紧坐下。为了不惹众怒,那人心不甘情不愿地坐在魏清宇的空位置上,魏清宇歇了下,游戏又开始继续。

他的目标很明确,走到许浪身后就把手绢一丢。许浪又一次觉得受人欢迎不是件什么好事,她已经不想起来追人了。她不开心地拿起身后的手绢去追前面那个胖胖的身影。她跑得快,他跑得慢,不知道为什么他突然停步转身,也不知道是谁先绊了谁,大家就看到两人一起倒在地上,许浪的牙还磕到魏清宇的脸上。

许浪飞快地从地上爬起来,离他们最近的小朋友大声嚷着:"老师!我刚看到他们亲亲了!"

其他小朋友听了都开始起哄:"男生女生亲亲,长大结婚不要钱!"许浪的脸唰地就白了,开始号啕大哭。

许浪从没哭得这么撕心裂肺过,大家都安静下来,愣愣地看着她。

就连刚扶起魏清宇的老师也傻了,恰巧下课铃响起,老师让魏清宇和他们先回教室,然后温柔地牵着许浪的手走到了办公室。

许浪哭声不止,吸引了不少目光,老师只好把她抱起来走。

"浪浪别哭了啊,你今天这么漂亮,把眼哭肿了就不好看了。"

进了办公室,其他老师都不在,老师把许浪放下,从办公桌上的糖罐里拿出草莓味的糖果塞到她手里,又扯了纸巾给她擦脸:"给浪浪擦擦脸,浪浪吃颗糖果就不能再哭喽。"

渐渐地,许浪止住了眼泪,只剩身体还一抽一抽的。老师见她心情平复下来,才温柔地问:"浪浪可以告诉老师刚刚为什么哭吗?是因为同学们的起哄吗?"

"老师……嗝……"许浪抽抽噎噎地说:"我……看电视上……嗝……上面男生女生亲亲了嗝……就会有嗝……小宝宝,魏清宇那么胖嗝……我的小宝宝也会是个胖子的嗝……我不是故意的……我也不想给魏清宇生宝宝嗝……我更不想我宝宝像他那么胖嗝……那多丑哇——"

万万没想到许浪是因为这个才哭的,老师觉得好笑,重新为她擦了眼泪,轻声哄道:"刚才你也只是牙齿磕到了他脸上。而且,电视

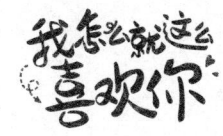

上都是骗人的,亲亲了不会有宝宝的,浪浪放心啊,再说魏清宇的胖跟小宝宝的胖没关系的。"

"有关系!"许浪不信,"我有个邻居就是个胖子,他爸爸也是个胖子,他妈妈也是个胖子,我妈妈说胖子是会传染的!"

其实她当时问妈妈为什么邻居一家都是胖子时,妈妈本来想认真解释一下的,可是想到那段时间许浪总爱吃甜食,而且只吃零食不吃饭,就起了恐吓之心,告诉她:"那是因为胖子是会传染的,你要是再老吃甜的零食不吃饭,也会变成大胖子,到时候我们就把你隔离起来,不让你和我们一起吃饭,免得传染给我们!"

从此,许浪一直谨记母亲的话,戒掉了爱吃甜食的坏习惯,不挑食好好吃饭,有意识地和胖胖的同学拉开距离,尤其是在魏清宇家吃饭时,她时刻观察,凡是魏清宇吃过的菜,她都不会再吃。可是现在……

"哇——"许浪再次扯开嗓子,"老师,我太惨了!我和魏清宇亲亲了,我要被他传染成胖子了,哇——我不想活了!我不要被传染!"

"不会的,不会的,浪浪先别哭,听老师给你解释……"

老师温言细语地解释,躲在办公室门口偷听的魏清宇听不下去了。

他满脑子都是许浪的"胖子会传染""魏清宇那么胖",原来之前的都不是错觉,许浪就是不想跟他玩,因为他胖因为他丑,她就只想跟弟弟玩!他看看自己鼓起的小肚子,又捏捏脸上的肉肉,凭什么他爸爸妈妈爷爷奶奶还有弟弟都没说他胖说他丑,相反还夸他胖胖的有福气,可到了许浪这里就这么嫌弃他,之前许浪的差别对待此刻清晰重现,他难过又委屈,许浪真是太讨厌了!他也不要和她玩了!

魏清宇说到做到,要求老师调位置,不再和许浪说话,就连许浪去他家找魏清轩玩,他也不像以前那样追着要一起玩,他们玩游戏,他就和爷爷一起待在书房看书。他看着书听着楼下传来的阵阵笑语,他想,要是许浪喊他一起玩,他就把话跟她说明白,要她道歉。她道歉,他接受,以后还是好朋友。

但是直到他幼儿园毕业,要被父母接回去上小学,他都没听到许浪的道歉。

离开那天,许浪强烈要求她妈妈跟她一起去送送他们。许妈妈知道这几个孩子感情好,欣然答应,大清早就送许浪到魏家。魏父魏母对许浪并不陌生,大人们在一起相谈甚欢,孩子们就在院子里享受最后的相聚时光。

魏清宇站在葡萄架下,冷眼看那两人最后一次玩过家家游戏。

依旧是许浪演妈妈,魏清轩演爸爸,芭比娃娃演孩子。

许浪抱着芭比娃娃对魏清轩说:"宝宝,爸爸今天就要走了,我们以后不能经常见面了。你亲爸爸一下吧。"说完,她拿着芭比娃娃在魏清轩脸上轻轻碰一下。

魏清轩咯咯笑成一团:"等我有时间再回来看你们。我不会忘记

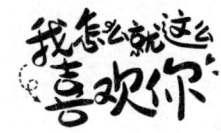

你们的。"

许浪很开心："我也不会的！轩轩，你在那里要照顾好自己，有空多给我打电话呀！"

魏清轩点点头："浪浪姐姐你也是，要一直这么漂漂亮亮的啊。"

两人互相叮嘱一番。末了，许浪突然开口："轩轩，刚刚我们的宝宝都亲你了，我也想亲一下，可以吗？"

"可以！"魏清轩主动把小脸侧过去。

许浪凑过去。

一只手伸过来打断她的动作。

"不可以！不能亲！"

"为什么？轩轩同意了！"

魏清宇拉过弟弟，一本正经地说："我弟弟还小，男女不能随便亲，亲了是要结婚的。"

许浪想想看过的电视剧里好像是这样的，不是亲戚的男女一亲就得结婚，然后就生宝宝。她还小，不能生宝宝。这么一想，她就释然了，蹲下身拉着魏清轩的小手，就跟他们第一次见面那样。

"那我等你长大了再亲吧，亲了就结婚。你回去上学，可不能再亲别的小女生啊。"许浪笑嘻嘻地说。

"哈哈哈哈哈哈哈……"聊完天出来的大人们听到这句话都哄堂大笑。

魏父:"现在的小朋友们真有趣!"

许母赧然:"都怪我爱看电视剧,浪浪也跟我一起看,这估计都是从电视里学来的,真让你们见笑了。"

魏母摆手:"不要紧,小孩子嘛都这样,有样学样的,也就是因为这才显得格外可爱!"

魏父低头看看手表:"时间不早了,我们该走了!"

魏父把行李放到车后备厢,魏母牵着两个孩子向老人、许浪他们一一道别。

"好了!快来上车吧!"魏父关上后备厢。

"那我们就走了,以后有时间再见啊!"魏母说完特意看了看许浪,这小姑娘长得好看,性格也讨人喜欢。

魏母忍不住打趣:"浪浪,阿姨今天就先把你的小男朋友带走啦,你放心,阿姨会好好教育他的,你也好好学习,等你长大了记得来我们家领人啊!"

许浪在大人们的哄笑声中羞红了脸,害羞地躲在母亲怀里。

魏清轩不知道大家在笑什么,但看大家都笑,他也呵呵傻笑。

只有魏清宇脸色很不好看,瞅瞅害羞的许浪,再瞅瞅傻笑的弟弟,心情很烦躁。

他摇摇母亲的手:"妈妈,爸爸在催我们了,我们快点走吧!"

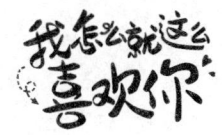

再次回到北方的家，魏母发现自己的大儿子跟换了个人似的，直嚷着要减肥，不爱吃肉了也不爱吃甜食了，一切容易发胖的食物，他都不喜欢。魏母想可能是上了小学，孩子渐渐对个人形象有了明确认识，知道爱美了。虽然小男孩胖乎乎的很可爱，但从长远方向考虑，肥胖对身体不好。孩子想减肥，她自然大力帮助，直接给魏清宇报了个篮球班，从小锻炼，既瘦身还能长个儿，一举两得。

篮球训练很累，控制饮食也很难熬，很多次看着冰激凌、巧克力、蛋糕、炸鸡、烤鸭、酱猪蹄摆在眼前，他都想不顾一切上去大吃一顿，要吃到爽吃到打嗝为止，但这时，许浪的声音就会出现——"魏清宇很胖""魏清宇长得丑"，于是美味变成了一块块肥肉叫嚣着向他奔来，只要他吃它们就要和他融为一体。他不想变胖，他想要很帅气地出现在许浪面前，想要看她后悔，想要听她道歉——"对不起，我错了，我不该以貌取人。"

十五岁那年，魏清宇收到人生中的第一封情书，粉红色的信封，带着玫瑰香味的纸张，对方将对他的喜欢写了足足两页。当他读完这封信后，脑子里第一个想法居然是要让许浪看看，他也是能收到情书的人了！这个念头越来越强烈，以至于他第二天就跟老师请了假，坐了飞机回去。

后来，他见到了长大后的许浪，她依然那么漂亮，她的照片被贴在学校主干道的"优秀学生榜样"橱窗栏里。他等着她放学，揣着那封情书，思索着开场白。放学铃响，学生一涌而出，他在一片蓝校服中一眼就看到了许浪，以及她身边的男生。许浪还是那么爱说话，她一直不停地侧头跟旁边的男生说什么，那男生也不烦，就只是笑着。他们由远及近，许浪看到他了，他看到许浪眼睛亮了一下，他的心瞬间跳到嗓子眼，没料到这么容易就被许浪认出来了，他不自觉地站直挺胸，像参加阅兵检查似的，手心微微出汗。他等着许浪朝他走来，结果许浪只是扯着男生袖子示意对方往这边看，男生淡淡看了他一眼，很快就移开视线。男生弹了下许浪的额头，不知道说了些什么，许浪喷笑着打了男生一下，她没有再往这边看一眼，他们说说笑笑地走了。

　　魏清宇看着被自己捏得皱巴巴的情书，觉得自己像个笑话。

　　许浪早已经向前走了，他还念念不忘想要向她证明。

　　他走到垃圾桶边，丢掉了那封情书，头也不回地离开。

　　许浪以后不能再影响他的生活了。

第七章
家 都 没 了 更 什 么 文

1.

魏清宇吃过午饭，就收到许浪发过来的文档。

嗯，不错。公私分明，值得表扬。

把碗往厨房随意一丢，魏清宇就躺在沙发上，幸福地打开了文档。

十分钟后，魏清宇想打人了，他打开通讯录，找到许浪的电话拨过去。

铃声响了很久才被接起。

"喂?"

"你这几章怎么回事?"

"有什么问题吗,魏总。"

"亲密戏太多,删掉重写。"

"我觉得还好啊,毕竟男女主误会刚解除,他们不得好好恩爱一下吗?"

呵,魏清宇都要被气笑了,就算误会消除两人需要释放爱意,也不用写这么详细啊,文档一共30页,有20页都是对亲密戏的描写,剩下10页还是为亲密戏做铺垫的剧情。

"不行,你这是传播淫秽色情,必须删掉!"

火辣辣的亲密戏是许浪故意写的,被魏清宇拒绝后又气又不甘心,想到那人眼里只有稿子,把她当码字机看待她就很烦,他不是只喜欢稿子吗?她就多给他写点,毕竟她也是阅文无数的人,写床戏信手拈来,于是她就安排男女主在不同场合不同时间巫山云雨,反正写床戏比剧情来得简单,步骤就是那么几步,措辞也比较单一,写到后面,她干脆直接复制粘贴了,只把场景换下就完事了。

现在魏清宇让她删了重写,她才不愿意呢。

"魏总,大家都是成年人了,看点大人看的东西没关系的。"

魏清宇懒得跟她费话,直接问:"最后问你一遍,删了重写做

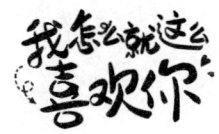

不做?"

"不要!"许浪拒绝得干脆。

魏清宇电话也挂得利落。

他想了片刻,给齐晟发了条微信:"你去找广告公司做几张宣传海报,我这几天急用。"后面附带了宣传海报的尺寸、张数和内容,还有网上的图片示范。

齐晟点开原图,有些吃惊,他不知道自家BOSS又遇到什么事了,他也不敢问,回复句"收到"就赶紧去执行。

挂断电话的许浪一下子蔫了,她两眼无神地看着电脑屏幕上正经版本的文档发愣。

魏清宇这下对她的印象肯定很差,要不现在及时认错把这个修改好的正经版文档发过去?

不不不,做人要硬气一点,就算是甲方爸爸也不能让她折腰,还是再气他几天再发吧。

许浪保存好正经版本的文档,又新建一个空白的。

嗯……这次该让男女主在哪里为爱鼓掌了?

魏清宇接连几天都收到许浪发来的文档,每次都笑着点进去黑着脸退出来。

许浪真的是太过分了!她到底在哪儿学到的这么多淫词浪语!

"齐晟,上次让你做的宣传海报做好了吗?"

正在偷偷给"魏总观察所"成员发预警提示的齐晟见魏清宇进来，慌忙把手机往桌面一扣，站起身回答："报告魏总，做好了，广告公司明天会派人送过来。"

"不用了，我现在就去取。"魏清宇转身，"你把广告公司地址发我微信上，我下午有重要事情去做，原有的一切计划全部取消！"

魏清宇驱车去广告公司拿了成品，效果他很满意。

"喂，许浪。我三十分钟后到你家，我要见到你人。"

"啊？"许浪惊叫一声，瞬间成为办公室聚焦点，她对同事不好意思地笑了笑，压低声音说，"不是，魏总，我在上班啊。"

"请假。"

"我不能请假，请假我这个月就没有全勤奖了。"

"全勤奖多少，我给三倍。"

"其实，我们公司不好请假，现在业务繁忙，我要请假可能会被开除的。"

"开除了你明天就来楼上报到上班。"

"不是……"许浪慌了，他这么坚持要去她家，肯定没好事，"魏总，我错。之前发给你的文档都是我手误，正确的那份在我电脑存着呢，我晚上下班回去发你，好不好？"

魏清宇在电话那头轻笑一声，许浪汗毛都要竖起来了。

"魏总……"

我怎么就这么喜欢你

"我不听。你就说你去请假还是我让齐晟下楼帮你请假?"

"我请!我请……"

许浪耷拉着脸去找领导批假,意外的是,领导二话不说就给批了。

许浪拿着签好字的请假条,欲哭无泪。

中国有句古话,是福不是祸,是祸躲不过。

平日最难批假的领导这次都不问缘由爽快答应,这就说明这一劫是躲不过了。

魏清宇说三十分钟后见,一点都不假。

敲门声响起,许浪看看时间。

距离挂断电话刚好三十一分钟。

"咚咚咚!"

"谁啊?"许浪带着最后一丝希望问道。

"我。"

完了。

许浪哆哆嗦嗦地打开门。

魏清宇抱着一个大长方形纸盒走进来。

"你平常喜欢在哪儿写稿?"

"卧室。"

魏清宇点点头,就抱着纸盒朝卧室走去。

许浪一头雾水紧跟其后。

"帮我开下门。"

许浪乖乖开门。

魏清宇环视一周,干净整洁,生活习惯很好。不过……床上四件套是黄色,床边写字台上电脑的外膜也是黄色图案,拖鞋、睡衣、台灯都是黄色的,魏清宇想起他上次来在客厅看到的马克杯、沙发抱枕还有狗窝好像都是黄色的。

"你这么喜欢黄色?"

"呃……什么?"许浪没听清,她刚只顾揣摩魏清宇的上门动机。

"没什么。"话说出去,他才惊觉这话有歧义。

当然,也是句废话。

魏清宇将纸箱放在写字台上,一转身就看到许浪床尾对着的那堵墙上贴了几张海报,由于下午阳光反射,他看不清楚。他走近几步,海报上的人脸渐渐清晰,是陈渺,他弟弟最近总挂嘴边的人。

"你喜欢他?"

"喜……"见魏清宇皱眉,许浪迅速改口,"喜不喜欢不重要,那是买酸奶送的,我觉得拿来糊墙很合适,就贴着了。嘻嘻!"

识时务者为俊杰。陈渺,老母亲刚说的都是假的,你是妈妈最疼爱的崽了!

听到许浪这么说,魏清宇眉头舒展:"刚好,我今天给你带了新

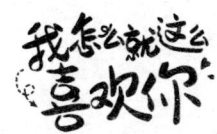

的海报,你把剪刀胶带拿来,我帮你贴上吧。"

许浪狐疑地看着纸箱:"真的?"

"比真知棒都真。"

许浪好奇:"什么新海报?"

魏清宇露出意味深长的笑容:"清心寡欲风格的。"

许浪:???

她半信半疑地拿来剪刀和透明胶。

"既然你用陈渺的海报只是用来糊墙,那我就帮你撕了换上新海报吧?"

许浪点头:"好的。"

魏清宇双手刚放到海报两侧……

"等等!"许浪大叫一声,然后快速钻进他两胳膊之间,"还是我来撕吧,我大一兼职过撕小广告的,我可会撕了!"

魏清宇坐在椅子上,眯起眼看许浪。她努力踮着脚,伸长了胳膊小心翼翼地撕去边角的胶带,每揭下来一张,都要从头到尾看一遍,有破损她就拧眉,没破损她就微笑。就这样还说不喜欢,是拿他当瞎子吗?

许浪完美揭下所有的海报,刚舒一口气,就听到魏清宇的嗤笑声。

她身体一僵,想开口解释。

"你出去待着吧,我等会儿会给你一个惊喜。"说到"惊喜"二字,他还特意加重语气。

许浪被他笑得心里发毛，捧着海报逃似的离开卧室。

许浪躺在沙发上边单手盘狗边聆听卧室传来的扯胶带的声响。

"嘶啦——嘶啦——"

魏清宇这个人真是捉摸不透，听他电话里严肃的声音，还以为他要来收拾她，结果搞了半天是为了给她送清心寡欲风格的海报？

"我好了，你进来看看吧。"魏清宇出现在卧室门口。

许浪迅速起身，抱着被她"盘"得油光发亮的渺渺走过去。

踏进卧室，她就被眼前的场景惊呆了。

"你还满意你看到的吗？"魏清宇俯身在她耳边轻声说道。

许浪一激灵，渺渺就啪叽摔在地上，呜咽几声跑开了。

"这就是你说的清心寡欲风格？"许浪颤抖地指向床头的"八荣八耻"，床尾的"社会主义核心价值观"以及书桌墙上的名人画像。

"我说魏清宇你有毛病吧，把我卧室搞得跟教室一样！"

许浪忍不了了！

"教室？谢谢你提醒我，过两天我再给你送一些高尔基、雨果、海明威的名人名言过来。"

许浪抓狂："我要去把它拿下来！"

"你今天拿下来一张，我明天就敢贴三张。"

"你……你……"许浪气得头顶要冒烟了。

我怎么就这么喜欢你

魏清宇继续说:"你不是喜欢写床戏嘛,下次写之前不妨先看看他。"

许浪抬头,墙上那德高望重的名人望着她。

魏清宇拍拍她的肩,语重心长地说:"女人呢,欲念太重不太好。"

许浪瞪他一眼,呸!变态!

"好了,我先走了,记得晚上把正确的文档发我。"

魏清宇东西收拾好,抱着空纸箱心情舒畅地走出去。

"魏清宇。"许浪叫住他,"我想跟你聊一聊。"

2.

许浪盘腿坐在沙发上,手指揉搓着抱枕的一角。

魏清宇坐在她对面,喝茶撸狗。

"你想聊什么?"魏清宇先开口打破沉默。

"对不起。"她诚挚地道歉,"这次是我不对。我不该公私不分,表白被拒后我心有不甘,就故意写了那些床戏来气你。"

"哦。那我原谅你了。"魏清宇竖起食指,"仅此一次,下不为例。"

"嗯。那……那些东西?"

"贴一个月不许撕!其间我会不定时来检查的,你不要抱有侥幸心理。没有一个深刻的教训,下次犯错的概率是百分之九十。"

许浪心虚地摸摸鼻子,她正盘算着等他走了就偷偷拿掉。

"你还有别的事说吗？"他问。

"有！"许浪跳下沙发哒哒哒跑向他，像渺渺一样蹲在他腿边，"你真的不喜欢我吗？你为什么不喜欢我？"

魏清宇被她的无耻惊到，反问："为什么我要喜欢你？"

"因为我漂亮、善良、勇敢、热情、爱国、正义……"许浪掰着手指头数，"哦，对了，最关键是我会编故事，你不是很喜欢我写的小说嘛，小粉丝？你要是和我在一起了，以后你可以享受点梗特权，怎么样？"

"谁是你的小粉丝，我不懂你在讲什么。"魏清宇掩饰性地拿起水杯喝茶。

"你就别装了，我都知道了。"许浪拿出手机点开魏清宇假称自己是方铭的微信举到他眼前，"这个号是你的吧，方铭跟我朋友住在一个小区，他俩曾经一起喝咖啡的时候，我朋友就试探过他了，他根本不知道我是谁。还有上次咱俩在楼梯间碰到他，他对我的态度也不像之前微信上夸我那般热情，而且……"

许浪又点开他后来加她的那个微信头像："你看你这个狗头像不像它？"

魏清宇顺着许浪手指的方向看过去，渺渺正吐着舌头睁着圆溜溜的大眼睛看着他。

魏清宇："……"

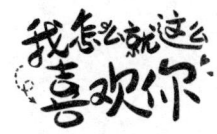

"所以魏总,你在我这里的马甲早都掉了!"

魏清宇:"……"

"谢谢你喜欢看我的小说,我很开心。但你能不能再爱屋及乌一下,顺带喜欢我这个人?"

魏清宇:"……"

"不能。"他缓缓吐出两个字。

"为什么?"

魏清宇不理她的问题:"我先问你,你喜欢我什么?"

"我喜欢你……"许浪语塞,这个问题她没有深入思考过。最开始她喜欢他是因为他长得好看又单身,她就见色起意想试着勾搭一下。后来得知他是假借别人身份来掩盖他是自己小粉丝这件事,第一反应就是这个男人真可爱。她开始有意无意地逗他,喜欢和他聊天,见到他会很开心,不见他会很想念,会猜测他在做什么,是在忙工作还是看她写的小说。正是这些细小的情感汇集成喜欢,单拎出来说太单薄,总起来说又太复杂。

她脸上表情变来变去的,就是没说话。

魏清宇有点酸,夸自己时就一堆褒义词,管他沾边不沾边的都往外说,轮到夸他了她就沉默,呵呵。

"我觉得喜欢都是没有理由的,能说出理由的喜欢都不是真的喜欢。"许浪见魏清宇面露嘲讽,急忙总结发言。

"呵呵。"

许浪眨眨眼睛:"我说的都是真的。"

魏清宇偏过头逗狗,拒绝她的卖萌。

"欸,魏总。"许浪扯扯他的裤腿,"我能把手放你胸口处然后亲你一下吗?"

魏清宇:!!!

这究竟是道德的沦丧还是人性的泯灭,她竟然毫无羞耻之心公开对他耍流氓!

"你是不是对每个长得好看的男人都这样说过?"小时候是他弟弟,长大后是他,其间说不准还有无数个别人。

"没有!没有!"许浪急忙摆手,"你是第一个!"

呵呵。

"真的!我发誓!"许浪竖起三根手指,"我没有别的意思,就是想测试一下你是不是真的不喜欢我,毕竟身体是不会说谎的!"

魏清宇用看智障的眼神看了她一会儿,说:"那只能亲一下。"

真金不怕火炼,他一点儿都不怕!

一下就够了!许浪兴奋地站起来,将手轻轻贴在他胸口心脏处,脸缓缓凑近。

"砰砰砰!"

有人拍门。

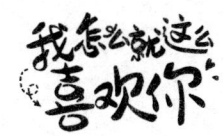

两人同时望向门口。

"我们继续,等会儿再开。"许浪小声说,继续把脸往前凑。

"砰砰砰!"

魏清宇捏着她近在咫尺的脸朝向门口:"去开门。"

许浪跺跺脚心不甘情不愿地去开门。

"谁啊?"差点就亲上了,许浪很不爽!

她大力拉开门,房东站在门口尴尬地笑。

"张姨啊,快进来坐!"

张姨看到坐在沙发上的男人,忙摆手拒绝:"不用了,阿姨就是来告诉你一件事的。我这个房子不能再租给你了。"

"啊?"

"小许啊,你也知道,我这房子是给我儿子做婚房准备的,只不过他一直都在外地,所以就空着了。现在我儿子马上就要回来了,跟他女朋友一起,两人准备结婚了。所以我想提前打扫卫生,尽量让儿媳妇满意。"

做婚房这事许浪租房时就知道,正因为是留着做婚房的,所以环境比她看过的其他房子都要好,当时张阿姨跟她说她儿子在外地至少得三年才回来,让她放心租。现在房子才租了一年半就要收回了。算了,别人结婚是大喜事,搬就搬吧。

"行吧,张姨,我这几天找找房子,月底搬走,可以吗?"离月底还有半个多月,找房子时间足够了。

"不好意思啊小许,"张阿姨搓搓手,"我儿子今天打电话说下周三回来,所以只能麻烦你周日之前搬走了。"

"周日?"许浪惊叫,"今天都周二了张姨,时间会不会太短了?"

"对……对不起啊,阿姨也没办法。"张姨从手包里拿出一个信封,"这是你的押金和剩下两个月的租金,你这个月阿姨就不收你钱了,就当阿姨为你做的一点补偿吧。阿姨这几天也帮你打听打听看附近还有没有合适的空房……"

"我知道了,谢谢张阿姨。"许浪接过信封看她这么诚恳,也不好再说什么,"我周日之前肯定搬走。"

"谢谢谢谢……"张阿姨连说十几声谢谢才道别离开。

许浪关上门,垂头丧气地走过来。

"魏总,我申请停更一周,我房子的事,你也听到了。接下来我可能没时间更文了。"

"不行。"不能断更,他现在最快乐的时光就是周日收到她发来的最新章节,然后躺在阳台摇椅上安安静静地看,这份快乐绝不能断!

许浪暴躁了:"你未免也太无情太冷酷太冷血动物了吧!我家都没了还更什么文?你是不是就想看着我带着我家渺渺去大桥底下涵洞里给你更文?"

"你不是有朋友吗?你可以先住她家啊,谁要你住大桥底下了?"

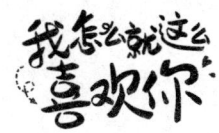

"我朋友那里不行,她家离我公司太远,我搬过去会天天迟到的!"许浪气呼呼地坐到他身边,双手环胸,"我不管,我要停更,我要去找房子!"

魏清宇头疼,思索良久,道:"你先住我家,更文不许断!"

许浪"嗖"地把脑袋转过来,强拉过他的手击掌:"好!成交!"

魏清宇看她脸上盛不住的笑意,头更疼了。

他是不是做了一个错误的决定?

3.

像是为了怕他反悔,当天晚上魏清宇离开时被某人强行塞了一个大黄鸭抱枕带走,美其名曰先让它代她适应下环境。

第二天晚上,魏清宇因为临时加班不能去帮许浪搬家,就直接在微信上发给她地址和门密码。

晚上十点多,魏清宇踏出电梯,看到的却是许浪蜷在门口睡着了,渺渺趴在地上警觉地抬着头,见到是他,又趴下阖上眼。

在魏清宇的印象里,许浪一直都是个很闹腾的人,还特别爱笑,跟她在一起耳边永远也不能清净。但她又很有趣,脑子里总有奇奇怪怪的想法,和她在一起不会觉得无聊。也大概只有在睡觉的时候,她才是安静的。

许浪睡觉的时候嘴巴微张,可能是最近吃胖了,脸上显得肉肉的。

魏清宇忍不住伸出手指轻轻在她脸上戳一下戳一下，玩得不亦乐乎。

"魏总，你幼不幼稚啊！都戳了十五下了还不够啊？"

闭眼假睡的许浪受不了了，从听到脚步声起，她就醒了，她故意继续装睡就是期待魏清宇能像电视里那样，把她公主抱抱回去，然而他居然戳她脸戳上瘾了，公主抱怕是没希望了，要是再不醒，估计他能玩到后半夜去吧。

被抓包的魏清宇故作淡定地收回手："你怎么还在外面，我不是告诉你门密码了吗？"

许浪愣住："啊？"

魏清宇叹气："密码25278啊。"

"哦，是这个呀。"许浪不好意思地挠挠头，"我以为你给的是你家Wi-Fi密码呢。"

魏清宇无奈："我家门密码和Wi-Fi密码是一样的。不然为什么我只告诉你一个。"

许浪："……"她怎么知道啊！

魏清宇慢悠悠地按下那几个数字，门"咯噔"一声解锁。

他用嘲讽的目光看了一眼许浪，拎着她的行李进去了。

魏清宇把许浪行李放进原来魏清轩经常留宿的房间。

"以后你就住这里了。床单被罩我昨晚已经换过了，大黄鸭已经替你睡一晚上了。洗手间在出门右手边，时间不早了，你先整理下洗

· 194 ·

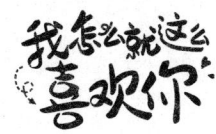

洗睡吧，剩下的东西我明天晚上和你一起去拿。"

"那个……冰箱还有吃的吗？我晚上没吃饭，现在好饿啊。"肚子很配合地发出"咕噜噜"的叫声，许浪羞赧地捂着肚子。

"你先整理下去洗澡，我去给你做份意面。有什么忌口的吗？"

"没有，我啥都吃。"许浪对这个意外收获感到很开心。

她哼着小曲先给渺渺安置好，然后把箱子里的衣服一件一件放进柜子，把常用的物品摆放好，最后拿着家居服去洗澡。

厨房里，魏清宇煮着面听着浴室里传来五音不全的歌声，悄悄弯起了嘴角。

许浪吹干头发出来，魏清宇刚好将意面装盘。他做的是海鲜虾仁意面，橙红色虾仁在黄色意面中若隐若现，不管是从视觉还是嗅觉上来说，都让人很有食欲。

"你慢慢吃，吃完把盘子洗了，我先去洗洗睡了。"

许浪乖巧地应声，爱意满满地目送他回房。

待魏清宇进了房间，许浪立刻掏出手机，选好角度对着意面"咔嚓"一下，拍完还认真选了滤镜，发到朋友圈："这碗意面背后有一段情，微信五元即可倾听。"

很快，底下评论一条接一条。

余曼青："啥情不情的，我不知道，我只知道这么晚吃东西容易发胖。"

沈一川:"友情价一元讲不讲?"

许父:"我吃过最好吃的意面就是你妈做的。"

许母回复许父:"拍马屁也不能原谅你偷喝酒的错误!"

许父回复许母:"老婆,我真的知道错了,你快开开门让我进去吧,客厅蚊子太多了。"

赵妍:"师父,你深夜放毒,我代表广大群众强烈谴责你!"

……

许浪叨着叉子一一回复过去,刷新刷新再刷新,就是少了"厨师"的评论。

她看看紧闭的房门,哼了一声。

整理好一切,许浪倒在柔软的床上,不甘心地拿起手机再次刷新,一条新评论出现,迫不及待点开评论,"厨师"发言:"心情不错,不如写稿?"

稿子!稿子!又是稿子!呸!大猪蹄子!

许浪捞过大黄鸭把它当魏清宇狠狠蹂躏一番,才熄灯睡觉。

晚安,大猪蹄子。

许浪在新家适应得很快,没几日便已熟悉所有的物品摆放处和家电使用方法。

当然,不仅仅是许浪,渺渺过得也很开心。

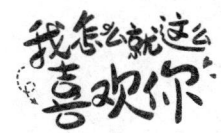

因为现在魏清宇每天都会带它出去遛弯,而且时间比许浪长得多!

提到渺渺,许浪又想起搬家后的第二天早晨,她照例在上班前跟渺渺举行分别仪式。

"渺渺,妈妈又要去给资本主义搬砖了,你在家要乖乖的啊,按时吃饭,多喝水。妈妈爱你。"许浪对着狗飞吻几下,站起来转身就看到魏清宇嫌弃的目光。

"你看我干吗?渺渺特别聪明,我得经常和它沟通感情,它才知道我很爱它,这样就不会得抑郁症了。你别小看狗啊,它可比人类重感情多了呢。"

"哦。"魏清宇问她,"你刚刚叫它什么名字来着?"

许浪:"渺渺啊。"

"什么?"

许浪:"渺渺。"

"渺什么?"

许浪不耐烦了:"渺渺、渺渺、渺渺!听清了吗?"

魏清宇拍拍她头:"听清了。没想到你这一来啊,我家猫狗双全了。"

许浪耳朵渐渐变红,娇嗔地看着他,这男人怎么突然这么会撩!

魏清宇也学着她的样子,蹲下来抚摸着渺渺的头说:"渺渺啊,外公这个资本主义又要去剥削你妈这种劳动人民了,你在家乖乖的啊,外公下班回来就带你去遛弯!"

渺渺听到"遛弯"兴奋地用脑袋蹭蹭他的手。好在在"猫狗双全"里荡漾的许浪一时间也没听出什么不对,甜滋滋地跟在魏清宇身后出了门。

等到进了写字楼电梯,看着缓缓上升的数字时,理智一点一点回笼。

魏清宇早晨跟渺渺说了什么?外公?

又占她便宜!

许浪很崩溃——碰到一个心仪的男人但对方总想做她爸爸怎么办?

在线等,十万火急!

4.

经过几天相处,许浪发现魏清宇的下班生活是这样的:遛狗、做饭、喝茶、看书和听广播,偶尔还要给阳台上的花草浇水,特别的老干部!

许浪就不同了,她下班之后往往就是躺尸、吃饭、洗碗、写稿和看电视。

是的,写稿是每日必做之事!

在她搬进来的第二天晚上,魏清宇就和她进行了一次深刻的谈话。

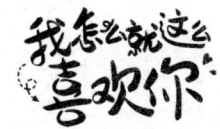

第一,房租可以不交但日常家务得以三七比例分摊,魏清宇三,许浪七。只做做家务就可以省一大笔房租钱,许浪爽快地答应了。第二,饭可以不做但碗得刷,许浪自认做的饭远不如魏清宇,他做的菜营养又美味,品种还丰富,这一点许浪也毫无意见。第三,许浪每天晚上必须专心码字两小时。

这第三点许浪就不愿意了,码字这回事靠的就是灵感,灵感来了日码10000字都不是问题,没有灵感坐一天都不一定有1000字。

所以许浪强烈反对,然而遭到了魏清宇的镇压。

他原话怎么说来着?

"许浪,你知道我为什么让你住过来吗,就是为了方便催更。不然你以为我会放任一个对我怀有不轨之心的女人住进来吗?"

呵呵!许浪当时听了都想用杯子里的水泼他一脸!

她是抱着一颗近水楼台先得月的心态住进来的,结果是"月亮"心里真的只有稿子!

人在屋檐下不得不低头,许浪只能认戾签了这令人暴躁的条约。

这天晚上,许浪顺利地写完稿来到客厅打开电视,魏清宇还躺在阳台上的摇椅里听财经广播,渺渺窝在他脚边睡觉。

恍然间,许浪有种她已经与魏清宇结婚十几年的错觉,这太像老夫妻之间的生活了,平平淡淡却很温馨。

许浪最近在追一部偶像剧,男主性格跟魏清宇有些相近,看起来代入感特别强。昨晚恰好播到男女主因为父母原因不得不同居,许浪今儿一天都心神不宁,老忍不住猜测男女主的同居生活会是怎样。

时间过了晚上九点,剧集更新了!许浪津津有味地看起来。

同居第一天晚上男主正躺在客厅看电影,家里突然停电,此时在自己卧室玩手机的女主冲出来一把钻进男主怀里,女主角穿着一件性感的酒红色丝绸吊带裙,窗外月光如水温柔地洒在她身上给她又增添几分朦胧的美感,她声音颤抖:"不好意思……我怕黑,你可不可以就让我抱一会儿?"那楚楚可怜的模样,像极了受惊的小兔子,男主角没有推开反而还紧紧揽住了她,两人静静相拥了一会儿,男主角突然就翻身把女主角压在沙发上亲吻。

许浪看得狼血沸腾,这怎么就亲上了呢?明明白天男主还对女主爱搭不理的,是什么勾起了男主的兽欲?

电视里两人还亲得火热,许浪已经陷入了沉思。良久,她灵光一闪,给余曼青发微信:"明天有空吗?我们去逛街买衣服吧。"

过了许久,对方回复:"OK!"

第二天,魏清宇起来就发现自己房门上被贴了张字条。

"我今天要和朋友逛街,中餐和晚餐都不在家吃了,帮我照顾好渺渺,爱你哦。"后面还用红笔画了颗爱心。

商场里,余曼青已经跟着许浪转了三家内衣店。许浪在睡衣架前挑来挑去也没看中的,余曼青拿起一套印有大黄鸭的睡衣:"你快看

·200·

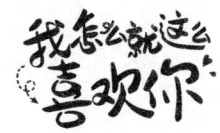

这件,你喜欢的大黄鸭!"

许浪摇摇头:"这样的我已经有三套了,我想换个风格。"

"换什么风格?"

许浪脑子里浮现出女主那件酒红色丝绸吊带裙,微微一笑:"性感风!"

余曼青眉头一皱,直觉事情没有那么简单。

"你为什么突然要走性感风?你最近怎么了?"

"没怎么啊。"许浪心虚地撇开视线,"我今年不是要满十八了,就想试试别的风格。"

"呸!满十八?许浪你也不脸红。"

"那怎么了?我上次出去玩还被人当成大学生呢!"许浪嘚瑟,"青春靓丽肤质好,我也没办法。"

"啧啧,我说你啊……"

"欸!你看这件怎么样?"许浪手里是一个两件套,里面是件低胸吊带裙,外面是七分袖长袍。丝绸面料,上面绣着仙鹤,袖口和胸口处外面还有一层白色蕾丝花边,吊带裙的裙边是荷叶边,整体看起来风情不风尘,许浪特别喜欢。

饶是余曼青眼光挑剔,也对这件颇为夸赞:"那你就买这件吧,你皮肤白,穿红色很好看。"

"嗯嗯!"许浪喜滋滋地去付款。

买到了满意的睡裙,许浪很愉悦,又是请余曼青吃火锅又是请看电影的,甚至还特别土豪地送了余曼青一件裙子。余曼青和许浪十多年感情了,从未享受过这种豪华待遇,吓得她一直跟许浪确认这是不是绝交前最后的晚餐。

性感的睡裙有了,就等找个风雨交加的夜晚,最好再电闪雷鸣,她就可以装作害怕的样子穿着性感的睡裙扑到魏清宇的怀里,然后孤男寡女的就顺理成章这样那样了。嘻嘻,想想还有点小害羞呢。

许浪捂着自己已经开始发热的脸,心里默背一遍社会主义核心价值观。

说到这个,许浪就想吐槽,魏清宇有时候真的太变态了!她搬过来后的某天晚上,正在卧室写稿,魏清宇就敲门进来了,他像领导检查般巡视了一遍她的房间,问她:"你搬家的时候那些海报没拿过来吗?"

拿个鬼哦,她又不傻!但她心里这么吐槽,面上还得装像一点。她摆出一副恍然大悟的表情:"呀!搬家匆忙我给忘了!估计房东阿姨都把它们扔了吧……"

见魏清宇又露出那种嘲讽的表情,许浪决定拍马屁:"魏总,我觉得我现在不需要那些海报了。你看你家这装修风格,黑白分明,多清心寡欲呢,你别说床戏了,我在这里连吻戏都不敢写了,生怕我的邪念会玷污您这清雅的居住环境。"

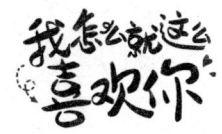

"呵呵。"魏清宇皮笑肉不笑,"不贴也可以,那你要熟背八荣八耻和社会主义核心价值观。我会时不时抽查的。"

魏清宇言而有信,说抽查还真抽查。

比如在餐桌上,许浪正大快朵颐时,他会冷不丁问一句:"社会主义核心价值观是什么?"

或者刚吃完饭,许浪想躺一会儿再去洗碗时,他会抱着渺渺,居高临下地问:"你还记得八荣八耻第四句是什么吗?"

最变态的是,许浪看甜甜的恋爱剧,看到男女主亲亲,脸上露出姨妈笑时,他会突然站在她背后问:"以艰苦奋斗为荣下一句?"

……

不气不气,许浪安慰自己,先忍下来记小本本上等以后他变成老公了再报仇!

她点开天气预报查询C市未来十五天的天气。

连续十五天晴天!

算了算了,天时地利人和太难了,还是见机行事吧。

那是一个令许浪这辈子都难以忘怀的夜晚。

许浪清晰地记得,那天是七夕节。不知道是有意还是无意,魏清宇做了一桌特别丰盛的大餐,酒足饭饱之后,魏清宇照例给自己沏了杯绿茶躺在阳台摇椅上听广播,许浪在厨房洗碗。

夏天夜晚的风带有一种独有的味道，对面那栋楼点点灯光，小区里仍有孩子奔跑嬉戏的声音，许浪回头看着阳台某人喝茶的模样，心里忽然就柔软起来。她好喜欢这种氛围，好喜欢那个人哪。

就是那一刻，她做了个决定，勾引他！

许浪洗完澡穿着那件粉色印有大黄鸭的睡衣晃悠到阳台："魏清宇，我想看个恐怖片，有点害怕，你能陪我一起看吗？"

"不看。"魏清宇想也不想地拒绝。

"哦。"许浪转身，"那我出去了，今晚不回来睡了。"

"站住！"魏清宇诧异，"大晚上你去哪儿？"

"去朋友家看恐怖片啊。"许浪一本正经地说，"这部恐怖片我想看很久了，今晚不看我就睡不着觉。"

"……"这是什么毛病啊？恐怖片当催眠片看？

"那你先去播放，我等会儿过去。"

"好的！"许浪屁颠屁颠地跑掉，在魏清宇看不到的地方激动地搓手，"成功邀请魏清宇看恐怖片"这一任务惊险达成，继续加油！

看恐怖片最重要的是什么？氛围！

关掉房间所有的灯，连窗帘也不忘拉上，整个客厅只剩下电视屏幕幽暗的光。

"魏清宇，你快来！"许浪热情地呼喊着，"已经开始播放了！"

看着盘腿在客厅沙发上异常兴奋的许浪，魏清宇抱着渺渺的手不

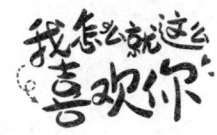

自觉紧了紧,为什么他有种即将进入盘丝洞的错觉?

"魏清宇,你快进来啊,电影都开场几分钟了!"许浪见他迟迟不动,只好亲自过来拽着他的胳膊拖进去。

刚踏进客厅,就听见从电视里传来一声惨叫:"啊——"

魏清宇身体瞬间绷直,怎么办,现在让许浪出去找朋友看还来得及吗?

"魏清宇,你是不是害怕看恐怖片啊?"许浪能感觉到魏清宇在那声惨叫后,胳膊上立刻就起了鸡皮疙瘩。

"我不害怕。"魏清宇佯装淡定,"是刚那一声太突然了。"

"你呢?"他低头问,"你害怕吗?"

"我当然……"许浪竭力吞下"不害怕"几个字,要是说不害怕那待会儿就没得演了。

许浪圈实了他的胳膊,把头紧紧地靠在他胳膊上:"我当然害怕了!你可能不知道我刚被吓得心跳都快停止了!"

"既然你这么害怕,我们就别看了,你赶紧去睡觉吧!"魏清宇拨开她手,笑着提议。

"不行!"许浪重新抱紧他的胳膊,"就是害怕才要你陪着看!而且你刚才也答应了,不能反悔!"

我答应你是因为不知道你会关灯看啊!魏清宇内心咆哮,但现在要她再把灯打开就显得他太不够男人了。本来让许浪知道他爱看她写的言情小说已经够耻辱了,还好许浪后面没再拿这事调侃他,不然他就要考虑写遗嘱这事了。如今绝不能再让许浪发现他连恐怖片都不敢看!

"哦,你等会儿别吓哭就行。"

走到沙发边,魏清宇选择跟屏幕对角的位置先坐下,许浪紧挨着他就准备坐,却被他一胳膊给拦着。

"你去那边坐。"他指指沙发最中心,视线最好的地方,"你得离我远一点,我怕你忍不住掐我。"

"……"你是喜欢他的,你是喜欢他的,你是喜欢他的。许浪心里默念三遍才去坐到他手指的位置。

许浪走了,魏清宇轻舒一口气,这下就不会被发现了!他低头看看正舒服地趴在自己腿上的渺渺,犹豫片刻,他起身把渺渺送回狗窝。渺渺不愿意,站起来就要跟着,他蹲下来轻轻地抚摸着它,轻声道:"渺渺乖,外公要去看少儿不宜的电影,你快睡觉,明天我奖励你一个鸡腿。"

渺渺开心地摇摇尾巴,"汪汪"叫了两声就迅速躺在海绵垫上闭上了眼睛。

趴在沙发背上偷看的许浪:嗷呜,这男人太可爱了,好想扑上去啊!

坐回到沙发上的魏清宇没了渺渺,怀里空落落不舒服,尤其配着

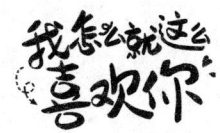

电影里恐怖的背景音乐，他格外坐立难安。

艳羡地看一眼许浪怀中的抱枕，他有点后悔把渺渺放回去了，渺渺是他唯一可以正大光明抱着来掩饰害怕的东西，要不是怕自己待会儿因为害怕控制不住力道捏疼它，他真的一点也不想和它分开！

就在魏清宇靠在沙发上，眼睛眯着有一下没一下地看屏幕时，许浪抱着大黄鸭抱枕盯着桌子上的水杯在沉思。

如何找机会去卧室换衣服呢？许浪原本的计划是，坐在魏清宇身边，然后借着害怕把水洒在他身上，这样他去换衣服的时候她也去换。但是魏清宇十分冷酷无情地要她坐远一点，所以这个任务就失败了。

哼！大猪蹄子！许浪颇为怨念地斜了一眼沙发那端的魏清宇，继续盯水杯。

怎么才能换衣服呢？除了泼他还有什么办法？许浪心里嘟囔着，突然，脑内灵光一闪，有了！

她泼不成魏清宇，可以泼自己啊！衣服湿了得换衣服，多么自然又无法令人拒绝的理由啊！

许浪事先移开怀里的抱枕，伸着胳膊拿过水杯，先小口小口地抿着，然后跟着电影剧情找准时机惊呼一声，与此同时松手，杯子砸在腿上那一下，许浪痛得眼泪都出来了。泪眼蒙眬中，看到自己湿漉漉的睡衣，她在心里给自己点了个赞，值得的！

魏清宇听到许浪的惊呼声就飞速扭过头看她，杯子掉落的时候，魏清宇也试着伸长了胳膊去接，只是……距离太远，没有接到！

"你没事吧？"魏清宇快速移过来跪在沙发上，拿开杯子，担忧地问。

"没事，就是衣服湿了。"许浪用手撑起被浇湿的部分，仰起头委屈地看着他。

魏清宇温柔地拭去她眼角的泪，背后，电视里主角们还在惊恐地尖叫，他的眼里只有许浪。

许浪的眼睛很好看，小时候是圆圆的、大大的，就像渺渺的眼睛，看人的时候显得特别无辜，就算她的行为让他很生气很难过，但当她看向他时，他就会觉得她没错，是自己没长成她喜欢的样子，才得不来她笑意盈盈的目光。可能是后来长大了，她的眼睛没小时候那么大了，但还是圆圆的，此刻还泪汪汪的，委屈巴巴地看着他。

想亲她！被这个强烈的念头支配着，他一手撑在她背后的沙发上，缓缓低下头。

他的脸越来越近，许浪心如擂鼓，他是不是要亲她呀？怎么办，他怎么又不按剧本走啊，她身上的衣服还湿着，性感睡裙还没穿，网上搜的勾引大法还没实践，啊啊啊！选择现在亲还是穿了性感睡裙再亲，这是一个很纠结的问题。她在心里点兵点将，点到谁就是谁——

"你等等！"许浪捂住他嘴，"等我三分钟，你让我先去换个衣服再亲！"

· 208 ·

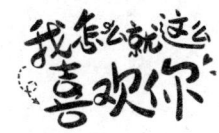

许浪光速跑进房间,取下性感睡裙套上,目光在睡袍上停留几秒,想想还是先穿上吧。

解开束起的长发,又对着镜子稍微整理了一番,许浪才满意地出去。

魏清宇已经坐回原来的位置,听见门响,下意识就看过去。

哦吼!这一眼差点没把他吓死——余光里一群学生背后出现了穿红裙子的女鬼,现实里许浪穿着红色的睡裙婀娜地向他走来!

不怕不怕!富强、民主、文明、和谐、自由……

许浪用前几天从视频里学到的猫步走向他,然后毫不客气地侧坐在他腿上,双手环上他的脖子,娇声道:"你现在可以亲我了,嘻嘻。"

她闭上眼嘟起唇等待他的吻。

一分钟……两分钟……三分钟……

她等到一声轻轻的叹息。

"你这睡衣哪儿来的?"

"买的啊。"许浪对他眨了眨眼,"专门买来勾引你的。"

魏清宇想移开视线冷静一下,恰巧对上屏幕里放大版的女鬼的脸,天哪!他还是专心看着许浪吧。

魏清宇重新把视线定格在她脸上:"你还记得以愚昧无知为耻的上一句是什么吗?"

许浪的笑容渐渐凝固,不是,这都什么时候了他还对她考试?

"不记得了吧,上一句是以崇尚唔……"

好烦!许浪干脆拿嘴堵住他嘴,气鼓鼓地瞪着他。

魏清宇眼睛闭上又睁开,他往后退了下,离开她的唇。

"魏清宇,你是喜欢我的对吧?"她狡黠一笑,"我刚刚听到了,你加速的心跳声。"

"许浪,你知道你自己在做什么吗?"

"在玩火!"

魏清宇不自然地咳了一声:"以后霸道总裁那种小说少看点,会影响智商的。"

"嘻嘻,好。"

"许浪。"魏清宇斟酌片刻,开口,"你总说你很喜欢我,其实我一直想问你,你是喜欢我还是只是喜欢我长得好看?"

许浪蹙起眉:"这不都一样吗?"

"不一样的。"魏清宇神情严肃,"如果你只是喜欢我长得好看,那以后你遇上比我更好看的人时,你也会这样喜欢他。但如果你喜欢的是我,这将与我的相貌无关,与我的家庭无关,与我的职业无关,这份喜欢才是我想要的喜欢,你能明白吗?"

许浪有点蒙,他想要的喜欢要与他的相貌无关,与家庭无关,与职业无关。后面两样她可以拍胸脯保证没问题,毕竟她决定追他那会

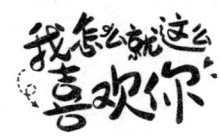

儿跟他的家庭和职业无关的,现在这点也没变,她至今对他的家庭还一无所知。

至于相貌……要知道对一个从小颜控的人来说,谈恋爱不看相貌是根本不可能的啊!她和他故事的开端是因为他长得好看,但都这么久了,要真只是靠对他这张脸的喜欢她不会坚持这么久的!

可是这要怎么跟他解释呢?总不能说"要不你先毁个容,我就知道我是不是只喜欢你的脸了"?

魏清宇把她的手拉下来,抱起她放在一旁,站起身说:"今晚就这样吧,你以后别再随便说喜欢,也不用再想方设法勾引我,在你没弄明白自己的感情时,我是不可能和你在一起的。"

"魏清宇。"许浪拉住他胳膊,站在沙发上与他平视,"我不知道你为什么一直纠结于我喜欢你是因为你长得好看这件事。是,我承认,如果不是你长得好看,我不可能跟你签约,不可能来接近你。但那只是开始啊,后来我忽然就觉得你很可爱,你生气的时候很可爱,你占我便宜想做我爸爸的时候很可爱,你做饭的时候很可爱,遛狗的时候也很可爱,甚至你只躺在摇椅里喝茶听广播我都觉得你可爱!

"我看别的男人多是英俊或富有或有才华,唯独看你是可爱。你要知道可爱可是对一个人最高级的赞美,我只觉得你可爱,做什么都可爱!"

许浪一口一个可爱,魏清宇听得脑袋疼。

"许浪,你是不是想当我妈啊?"

是她表述有误吗,才让他产生这种错觉?

"不想当我妈就别再夸我可爱。"试问哪一个男人愿意被女人夸可爱?尤其是他这种成熟稳重的男人,他强烈怀疑许浪夸他可爱的时候是不是把他当儿子看来着!

许浪快要被气死了,她说了那么多就想向他表达"我见众人皆草木,唯你是青山"的中心思想感情,一般人听到难道不是十分感动然后借此互诉衷肠,确定关系吗,为什么到他这里屡屡失败?

心好累,感觉不会……唉,看在他这么好看的分上,就再原谅他一次吧。

"魏清宇,我……"许浪准备再说点什么,结果就听到门外传来一个清亮的嗓音——

"哥,你在家吗,我来给你送温暖了!"

第八章
原来你是这样的魏总

1.

完了!

这声音魏清宇再熟悉不过,他那个"智障"弟弟来了!

他和许浪对视了一会儿,突然,他像是想到什么,火速朝门口冲过去,赶在弟弟开门的一刹那把门从里面用力关上并反锁。

刚打开一条门缝又被关在门外的魏清轩有点蒙,刚刚发生了什么?

"我这儿有点事,你在外面稍等下。"魏清宇隔着门解释。

刚刚真的是太惊险了!因为弟弟很久没过来了,魏清宇几乎已经忘掉弟弟是可以自由出入他家的。幸好他反应快,不然黑漆漆的房间里站着一个漂亮的还穿着性感睡裙的女人,这真没办法解释!

魏清宇重新打开房间的灯,突如其来的亮光刺得两人不约而同地闭上了眼。待眼睛适应这亮光后,魏清宇走过去,压低声音对许浪说:"你现在立刻回房间锁上门,不要发出任何声响,我会尽快将他打发走的。"

"哦哦,好。"许浪顺从地回到房间锁上门。

魏清宇将沙发上的抱枕整理好,又将玄关处许浪的鞋子藏好,起身环视一周确定看不出什么差别后,才打开门。

魏清轩正在和陈渺探讨哥哥奇怪举动背后隐藏的秘密,听见门响,赶紧收起八卦的嘴脸,笑嘻嘻地将手上的塑料袋抬高让魏清宇看:"今天陈渺的杀青宴就在附近,我觉得这个小龙虾超级好吃,就想着给你带一份过来!你现在是不是特别感动?"

魏清宇白了他一眼,接过袋子跟陈渺打了个招呼就进去了。

哼!冷漠的男人!魏清轩在他背后竖起中指。

"哥,你刚刚在做什么啊,突然冲过来把门给反锁了。"魏清轩一边换鞋一边说。

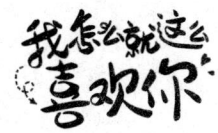

魏清宇把差不多已经冷掉的小龙虾放到微波炉里，定好时间。

"看电影。"他淡淡地回答。

电影？魏清轩注意到客厅与阳台衔接处的窗帘被拉上了，心下了然，眼睛也不由自主地飘向魏清宇的下半身。

陈渺从后面轻拍了下他的脑袋，小声在他耳边说："看透不说透，还是亲兄弟。"

魏清轩迟疑了一下，也凑到陈渺耳边小声问："那你说我刚刚是不是打扰到我哥了，这样会不会对我哥的身体健康有影响啊？"

魏清宇在厨房看两人并排坐在他家餐桌前，距离特别近地互相咬耳朵，心里有点不舒服，他弟弟啥时候和陈渺走得这么近了？

不怪他多想，他最近有详细了解过陈渺，十七八岁出道，到现在有八九年了，居然从没跟哪个女星传出过绯闻，这在娱乐圈特别罕见，罕见到让他忍不住怀疑陈渺是不是喝了忘情水断情绝爱了。尤其是据他所知，陈渺在他刚杀青的戏里演的是一个没有七情六欲的男学生，都说演戏容易出戏难，陈渺不会是入戏太深要拉他弟弟一起进"绝情谷"吧？

这么一想，再看着那两只凑在一起的头就觉得越发扎眼了！

微波炉"叮"的一声响，魏清宇将小龙虾端出来走过去放桌子中间："你们俩在说什么呢？"

魏清轩迅速坐直："没，没什么。哥，我觉得我挺对不起你的。"

魏清宇狐疑地看着他："你哪里对不起我了？"

"我不该打扰你看电影……啊！什么东西从我脚上踩过去了？"魏清轩掀开桌布，一条棕黄色小土狗端坐着看他。

"汪汪！"渺渺见被人发现了，就干脆叫起来。

"渺渺，安静点儿！"

魏清宇话音刚落，陈渺瞅过来了，魏清轩也瞅过来了。

"哥，你刚叫它什么？"

"渺……"魏清宇明白过来，脸色沉下去。

"哈哈哈哈哈哈……"魏清轩爆笑，"陈渺，你居然和一条狗同名了！哈哈哈哈哈，渺渺，渺渺，我以后也这样叫你好不好？"

陈渺哭笑不得，看向魏清宇："没想到我的粉丝群体里还藏着魏总这么一位大粉丝啊，我真的备感荣幸！"

魏清宇处于暴躁边缘，许浪家陈渺的海报，这条叫"渺渺"的小狗……呵，原来它们之间是有关系的啊！许浪，你真的很棒啊！

魏清宇狠狠拧下小龙虾的头，冲着仍在傻笑的弟弟露出一个微妙的微笑。

魏清轩顿觉脖子一凉，迅速收起笑容，埋头喝水。

妈呀，哥哥太可怕了！他一定是把小龙虾当成我了！

躺在卧室床上追剧的许浪莫名其妙打了个喷嚏，她揉揉鼻子，扯

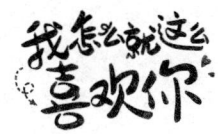

下耳机线去给自己倒杯水。回来经过房门的时候,她想了想走到门口,猫着腰轻轻将房门打开一条缝,睁一只眼闭一只眼地往外看去。

　　远处餐桌上,魏清宇背对着她,他对面坐着两个男人,一个眉眼间跟魏清宇很像,想必就是他之前提到过的弟弟了。啧啧,魏清宇家基因就是好,这弟弟长得也很好看!只不过不同于魏清宇,弟弟偏秀气一点,放在她小说中就是那种富贵人家的病娇小少爷。许浪默默欣赏几秒,又将视线移至他弟弟旁边那位……

　　啊?什么鬼!不是在做梦吧!许浪狠下心掐自己左胳膊一下,强烈的痛感清晰地传达过来告诉她这不是梦,她的"爱豆"陈渺就在距离她十米外的餐桌上!这四舍五入就是两人共处一室了!

　　为确保精准,许浪从藏在衣柜的百宝箱里翻出上次爬山时买的望远镜,蹲在门口眺望远方。

　　啊啊啊啊啊!真的是陈渺啊!许浪激动地在房间里手舞足蹈,甚至拿了手机偷偷拍照,尽管要不断地放大再放大才能看到陈渺模糊不清的脸,但她已经非常满足了!

　　她轻轻关上门,脱掉鞋子,在房间里旋转跳跃几个来回。她点进微信给魏清宇发消息:"魏总,你现在是不是在吃小龙虾?"

　　魏清宇擦擦沾满汤汁的手,回复:"没有。"

　　"骗子,我刚刚用望远镜看到了,你手边有小龙虾的壳!"

　　嗯?她居然偷偷开门了?魏清宇警惕地看了一眼许浪所在的房

间，没有门缝，想必是又锁上了。他再看看对面两人，魏清轩抱着渺渺，陈渺和魏清轩一起逗狗，估计也没发现。

魏清宇小小松一口气，回她："会给你留小龙虾，你老实待在房间，不许再偷偷开门！"

"好的！"

魏清宇看着对方发来的表情包，一只可爱的小花猫端坐在地上微仰着头，图片右上角大写着"乖巧"二字，他一下就想到许浪搬来第二天，他暗喻她是猫这件事，好像从那时起，她跟他聊天就特别喜欢用小猫的表情包。

他用手轻轻戳了戳屏幕上的可爱小猫，脸上泛起一个温柔的笑。

"哥！我可以把渺渺带走养几天吗？它好像很喜欢我！"

魏清轩和渺渺玩得不亦乐乎，他已经从坐在椅子上变成蹲在地上。当他故意把渺渺放到离他远一点的位置时，渺渺就会欢快地摇着尾巴跑过来两只前爪搭在他腿上站起来撒娇，他的心都被它萌化了。

魏清宇看着这似曾相识的画面有点不开心了，这条蠢狗怎么回事？它怎么一点都不认生呢？他还记得他第一次去许浪家时，它也这样很快就与他亲近起来，当时他还有点小得意，觉得这狗肯定是随了主人，然而现下看来，呵呵，真是随了主人，跟许浪一样的见异思迁！

"不行！"魏清宇走过去拎着渺渺的后脖颈送回狗窝，并以强烈的眼神警告镇压了它妄图再次出窝的举动。

"为什么?"魏清轩站在他身后眼巴巴地问。

"因为它认家,离不开我。"魏清宇高贵冷艳地回答,顺便开始撵人,"好了,时间不早了,你们赶紧走吧,我准备睡觉了。"

"没事,哥,我们等会儿直接睡这里。陈渺和我睡我那间房,或者他单独睡我那间房我和你睡,咱们三个大老爷们儿,随意搭配都可以。"魏清轩继续说,"我们还是接着说渺渺的事吧……"

魏清宇听到他说晚上要住下来,更加不开心了:"你打住!渺渺不可能给你养几天的,还有今晚你们也不能住我这里!"

"为什么?"魏清轩不敢置信。

"你是十万个为什么吗?"魏清宇冷笑,"你房间已经成了渺渺的训练室了,你以后都不能留宿了。"

"啊?那我……"

"那我们不打扰您了,我们先走了,魏总。"魏清轩还想说些什么,被陈渺打断,他走过来不由分说地拉过魏清轩就往玄关处走。

"欸,不是……"魏清轩扭头看向哥哥,陈渺抓着他的手用力几分,长期以来的默契让他闭上嘴,顺从地跟着陈渺换鞋、出门、关门。

直至进了电梯,陈渺才松开他,解释道:"你哥家里有女人,所以不方便留我们。"

此语一出,魏清轩愣住了。许久,他颤抖着声音问:"能确定吗,你怎么知道?"

"我确定,因为我在他家餐桌下的地面上发现几根大约 10 厘米的长发。"他是在和魏清轩一起逗狗时不经意间发现的。

陈渺很聪明,心思也很细腻,联合之前魏清宇的各种反常行为,他大致推测出这个家里除了他们三个男人还有一个女人,后面魏清宇坚持不让他们留宿更是验证了他的推测是正确的。

魏清轩脑子少根筋地去作死,他不能见死不救。

"那你的意思是……我哥他在家里囚禁了一个女人?"魏清轩倒吸一口凉气,万万没想到法律节目中的某些案例竟发生在他家,法律和亲情之间,他现在要如何选择啊!

陈渺看他脸都白了,特别无语地敲了下他的脑袋:"你是智障吗?什么囚禁,那明明是金屋藏娇好吗?你哥要知道你这么想他,非得打你。"

魏清轩捂着脑袋求饶:"我错了,我只是一时不愿相信我哥这个老干部作风的人会做出金屋藏娇这种有情调的事!"

陈渺:"……"这一定不是亲兄弟!

2.

魏清宇家。

他打发走两人,就去敲许浪房门:"他们走了,出来吃小龙虾吧。"

许浪欢呼一声,打开门飞速奔到餐桌前,桌子上摆着一小餐碟,

· 220 ·

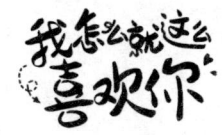

上面整整齐齐地码着龙虾肉。

就像看恐怖电影最重要的是氛围一样,吃小龙虾的灵魂就在于剥虾这个过程啊!

许浪爱吃小龙虾很大一部分原因就在于她享受这个过程,曾还无聊到用计时器记下每次剥虾所用的时间,以勉励自己不断超越自我。然而现在……她看着这一小碟小龙虾肉,心里遗憾,难得她苦练出来的五秒剥虾的绝技不能展现给魏清宇看了!

她又转念一想,这些都是魏清宇一只一只剥出来的,甜蜜之情又慢慢涌上心头。

魏清宇从门外面改完密码锁并消除掉弟弟的指纹回来后,看到的就是许浪对着他剥的龙虾肉傻笑着。

那蠢样,跟渺渺有一拼了!

想到渺渺,魏清宇走过来坐到她面前。

"龙虾肉好吃吗?"

"好吃!"许浪一次性夹起五只塞进嘴巴里。

魏清宇笑了笑:"那我问你几个问题,你诚实回答我。"

"没问题!"

"渺渺它爸是谁?"

"啊?"许浪不明白他怎么突然问这个,"我不知道啊,渺渺是我朋友家小狗生太多崽了不好养,我就领了一条来养,它爸是谁我得去问问我朋友。"

"我不是问它生父。"魏清宇说,"你自诩是它妈妈,我想知道它爸是谁?"

"啊?"

"啧,我再直接点,渺渺这个名字由来跟陈渺有关系吗?"

许浪瞬间懂了,她当时以渺渺命名时确实是因为喜欢陈渺,就用"爱豆"的名字命名了,但是你说,谁能想到有一天陈渺会和渺渺碰面呢?

"呵呵呵呵……"许浪干笑几声,避重就轻地反问,"你是不是吃醋了?"

"啧,我吃醋?你想得倒挺美啊!"

许浪讨好地扯扯他的衣袖,抓住一切机会表白:"其实你不用在意这些的,我虽然是陈渺的粉丝,但我是'妈妈粉',在我眼里,陈渺就跟我儿子一样,所以给渺渺起名时就稍微用了陈渺的名字。真的!在我心里,你才是渺渺它爸!你要是介意,明天我就给它换名字。"

"呵。"魏清宇轻嗤,"你想当陈渺的妈,陈渺知道吗?"

"……"

"名字不用换了。"魏清宇站起身,心情以肉眼可见的速度变好,"我才不当它爸呢,比起做它爸,我更愿意做它外公。"

"……"

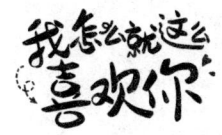

弄清楚渺渺名字这事,魏清宇神清气爽地甩下一句"我去睡觉了"就回房间了,徒留许浪一人坐在餐桌前神色复杂。

敢情她今晚上吐露的真情都是白讲了,喜欢上一个总想当她爸爸的男人心好累啊!

"对了!"魏清宇转过身,"过两天我要去出差,时间一周左右。家门密码锁我已经换过了,明天再添加下你的指纹,我出差这几天,你要保持警惕,要是有人上门来找我,就别出声装作我没在家,知道了吗?"

"知道了。"许浪应声,"魏清宇,等你回来之后,我希望你能认真考虑下我对你的感情,给我一个答复。"

她垂着头不想看他此刻的表情,她的声音里有些沮丧:"我不想再这样下去了,我猜不透你。有时候明明我能感觉到你是喜欢我的,但是下一秒你就能找到合理的理由为自己辩解,告诉我这是我的自作多情。魏清宇,如果你回来还是不喜欢我,觉得我们没可能,我就准备搬出去住了,毕竟你也知道我对你有非分之想。"

人这种动物很奇怪,有时候上一秒还很开心自嗨到觉得自己就是全宇宙最无敌的人,下一秒就可能陷入林黛玉模式。许浪也不知道自己怎么了,明明她之前在房间里时还想着要和他打持久战,做一个越挫越勇的女战士,但刚刚不过照例被魏清宇打击几句,她就忽然觉得很难过,那种难过像是把之前每一次打击累加起来了现如今全部送给她,以至于她在那一刻突然就很想要一个确定的结果。

她想,如果他能承认他对她有一点点心动,那她就愿意奉陪到底。

魏清宇出差那天是周五,在这之前,他们已经有三天没有讲话了。

自那晚之后,魏清宇突然就变得繁忙起来,说是在做出差前的准备工作,经常不回家吃饭,往往到半夜才回来,第二天她起床后又不见他的踪影。

就连他出差那天她都没见他人影,他只是在桌上留了张字条,主要就是交代一些注意事项。那些注意事项共有七条,其中他还将"注意不要给敲门者应声,不要随便开门"这一条用红笔圈出来。

许浪读着那句"不要随便开门"忍不住就笑出了声。

周六下午,她遛完渺渺回家,却在门口看到一位气质不凡的中年妇女。她想装成一位走错楼层的普通居民,却在转身那刻听到身后人自我介绍道:"你好,请稍等,我是魏清宇的母亲。"

"不好意思,我不认识魏清宇,我就是一走错楼层的居民。"她礼貌地微笑着,牵着狗往电梯走去。

"渺渺。"那妇人突然喊道。

"汪汪!"

就这样被听到自己的名字就特别兴奋的渺渺出卖了。

对不起魏总,不是我不警惕,是你妈套路太多。许浪心里默念着,

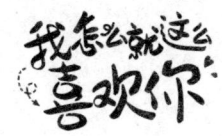

认命地开了门。

魏母很少来这里,她隐约记得上次来这里还是魏清宇刚搬过来时,她不放心非要坚持亲自过来看看居住环境,没想到这第二次来这里,却是来看自己儿媳妇的。

当然,这一切都还要得益于魏清轩的说漏嘴。

魏母近来又通过麻将认识了几个新的小姐妹,麻将桌上啥闲话都聊,所以当她听说其中一位小姐妹家里有个跟她儿子差不多大的女儿还未出嫁时,就顺嘴多问了几句。对方家那女儿要相貌有相貌,要才华有才华,而且跟魏清宇一样是个工作狂,因此家长怕女儿因为工作耽搁个人情感问题,就想着提出来问问,看看其他人有没有合适的青年才俊介绍。一直为自己大儿子情感问题困扰的魏母晚上在饭桌上就把这件事提出来,并让魏清轩帮忙去当说客,让魏清宇同意跟那女孩儿见一面,千万不能像上次那样再出差错。

这活放在过去,魏清轩二话不说就应了,可自从上次去完他哥家,知道他哥现在正金屋藏娇呢,他可不敢作妖,就给拒绝了。

魏母见魏清轩拒绝,就恐吓他,要他去跟那女孩儿见一面,也算提前去替他哥把把关了。魏清轩自然也是不愿意的,于是就在这么一来二去争执中,他不小心就把他哥金屋藏娇这事给抖出来了。

魏母当时就激动了,恨不得当晚就跑过来弄清楚,但魏清宇的脾气她也是知道的,他既然选择对他们所有人保密,就意味着并不想让他们知道,如果她就这样贸然找上门,魏清宇肯定会发脾气的,搞不好一气之下以后周末就不回家吃饭了。

所以魏母强忍着,直到昨天听说他出差去了,今天才敢瞒着所有人悄悄过来看一看,能让他儿子藏得严实的女孩儿是个什么样的人。

没想到上来就发生了这么有趣的事情。

魏母看着对面一脸窘迫的许浪,猜想估计自己这次来吓到人家了。

可不能把儿媳妇吓跑了,魏母心想着,准备说点什么缓解下这尴尬的气氛。

"你叫什么名字啊?"魏母问,就先来个简单的,先从对方姓名夸起吧。

"您好,我叫许浪。"许浪恭敬答道。

"许……浪?可是许仙的许,浪花的浪?"魏母追问。

"正是。"

"呀!"魏母发出一声惊叹,"我们家清宇终于把你追到手了?"

3.

啊?终于?

许浪一头雾水地看着魏母,希望她能给点提示。

"你不记得了?你小时候可是嚷着要嫁给我们清轩的呢!"魏母打趣她,"哈哈哈哈哈,没想到现在是跟我们清宇在一起了呢!"

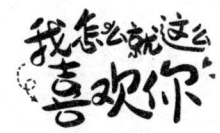

魏母说完,见许浪脸上仍是茫然,不由得皱眉:"你……不会都不记得了吧?就幼儿园那会儿,你老爱去我家玩,那会儿清宇还是个小胖子呢!"

小胖子?许浪突然记起来了。她幼儿园时期,班里转来了一个小胖子。她当时年纪小不懂事,听了赵天仙几句恐吓就真以为胖会传染,不怎么爱搭理那个小胖子。后来看见小胖子家还有个弟弟,长得十分可爱,是幼儿园里最好看的小朋友,所以她就黏着他玩。后来他们离开的时候,她还为此难过了许久,直到后面沈一川出现,她才渐渐忘了这兄弟俩。

这时经魏母提醒,她才又重新记起来。

原来那个小胖子就是魏清宇啊!这就是所谓的风水轮流转啊,小时候的她对他爱搭不理,现在的他让她高攀不起!

怪不得魏清宇一直纠结于她喜欢他是不是只是因为他的颜值这个问题,有果必有因啊,看来自己小时候给他带来不少伤害啊。想起自己小时候对待魏清宇的态度,许浪就恨不得穿越回去,把那时的自己痛打一顿,告诉她千万别以貌取人,你现在嫌弃的小胖子以后可是你一见钟情后还求而不得的男人啊!

"对不起……我小时候不懂事。我……"

"没关系啊,要不是你,我们家清宇也不会想着减肥。"魏母不在意地说,"其实他小时候确实比其他同龄孩子要胖得多,我们之前也想着要他减肥,但他总说自己吃不饱,一饿就哭。你说我们当父母的听见孩子老喊饿,哪还管得了那么多啊,就没再控制他饮食了。

"幸好有你啊!这孩子从老家回来后开始注意到自己肥胖这件事了,甚至主动要求减肥呢!我跟你讲,减肥可遭罪了,尤其小孩子本身就爱贪吃,我开始以为他还是闹着玩的,过两天撑不住就放弃了,没想到他居然坚持下来了,还一直坚持到现在。

"你看他现在坚持健身,坚持自己做饭,都是为了保持身材,哈哈哈哈哈,你看他现在,长得多好看啊!减肥的同时还磨炼了他的性格呢,我现在出去打麻将,别人见过我这两个儿子的都夸我有福气,能养出这么优秀的孩子呢!"

魏母说得高兴,许浪心里听得发苦。她现在真想见到魏清宇,抱一抱他,跟他说声对不起。

"欸,对了。清宇后来上高中的时候有次还瞒着我们跟老师请假回去找过你,不过好像被你拒绝了,回来一周都没露出过笑容,开始我以为他是在跟我们生气,因为他爸知道这件事后狠狠骂了他一顿。直到后来我整理他房间,看到他书里夹着你的一张照片,才知道是回去找你了。"

"哪张照片?"许浪高中的时候因为成绩优异被评为"优秀学生榜样",学校统一照相后洗了照片贴在学校主干道路旁的宣传栏里,她当时因为这事得意很久,每次放学都要去宣传栏里看一眼自己的美

· 228 ·

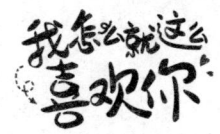

照跟沈一川臭屁一番再回去。没想到有一天学校宣传栏玻璃被人砸了，被门卫发现时宣传栏里塞着几张一百元钱，宣传栏里啥都没少，唯独她的照片不翼而飞。当年这事还引起全校轰动，年级主任找她谈过几次话，问她是不是得罪了什么人。

她当时也以为是被哪个变态盯上了，那阵子沈一川一直跟她形影不离，说是要保护她，万一真被人盯上了，对方找她麻烦，她还有个帮手。她提心吊胆地过了三个月，生活没有任何变化，她也渐渐放下戒备心，只是照片被谁拿走了一直是未解之谜。

她有预感这个未解之谜可能就在今天会得到答案。

"就你穿着校服站在你们图书馆前面那张，我当时看的时候差点没认出来你，要不是联想到他那几天就去了老家那边，我都不敢确定那是你，照片上，你笑得可甜了，我当时看了都很喜欢。"魏母笑着说，"你那时候跟现在变化挺大的啊，小姑娘长大了，真是越来越漂亮了。"

许浪被夸得有些不好意思，害羞地笑了笑："谢谢您的夸奖。"

两人又聊了许久，有关于魏清宇小时候的也有关于魏清宇现在的，魏母对许浪非常满意。等到魏母离开时，她已经把许浪当成准儿媳了，拉着许浪手要许浪没事多去魏家玩。

许浪在魏母离开后，独自一人坐在沙发上久久不能回神。

她想了很多很多，直到夜幕降临，渺渺过来蹭她要吃狗粮，她才如梦初醒。

她给渺渺倒好狗粮，给自己随便煮了碗方便面，吃完整理完，她很早就洗漱好睡觉了。

这一夜，许浪做了许多梦，断断续续的，最后她梦到魏清宇出差回来，她把魏母找她这件事告诉了他。她跟他道歉，跟他撒娇希望他能原谅她，再给她一次表现的机会。可无论她怎么讲，他也只是冷着脸告诉她，他接近她只是想看到她悔不当初的样子，无论她做什么他都不会喜欢上她。

"你不配啊，许浪。"他对她说。

许浪从梦中惊醒，竟发觉自己眼角有泪。

魏清宇回来那天，天很蓝云很白，阳光很热烈，他心情很好。

之前一直在谈的合作项目，这次出差终于达成。

魏清宇到了C市，直接让齐晟送他到小区门口。下了车，他去附近超市买了几斤新鲜活龙虾，准备回去自己做着吃。准备去结账的时候，突然想到许浪之前一直念叨着想吃他做的清蒸鲈鱼，他又返回水产区挑选了一条鲈鱼。

他在外地这几天每天从早忙到晚，加上之前两人几天都没说话了，他自然也不好意思发微信过去。今天回来的时候，他特意看了下许浪的微信，没有更新朋友圈居然也没有给他发任何微信！

魏清宇心里有点淡淡的不爽，她之前那么主动，这几天怎么就没

动静了呢,难道是他这几天的冷漠打击到她的积极主动性了?算了,晚上就给她做顿好吃的调节下两人之间的气氛吧。

魏清宇想到许浪见到好吃的就两眼放光的样子,就不自觉弯起了嘴角。

打开门,屋内静悄悄的。

"渺渺?"没有"汪汪"声回应。

"许浪?"也没有听到回答。

都不在家?

魏清宇把东西放到厨房,就去敲许浪的房门。

门一碰就开了,魏清宇走进去,眉头逐渐皱起来。

他发现许浪的东西没了,整个房间被还原成她还没住进来时样子,再回到客厅,果然,渺渺的狗窝也没了。餐桌上的纸巾盒下压着一张纸,魏清宇抽出来一看,上面只写了一句话:"我搬走了,不用担心。"

打电话过去,无人接听,发微信语音过去也是无人接听。

魏清宇烦躁地将留言纸揉成一团。

余曼青家。

许浪窝在沙发上看着未接来电和取消的语音通话,问正在化妆的余曼青:"这样真的能行吗?"

"当然行了!"余曼青点头肯定,"听我的没错!"

许浪前几天已经将东西全部搬到余曼青这边了,并将她和魏清宇的全都讲给余曼青听了。余曼青听到她讲她跟魏清宇同居,和买的那条性感睡裙其实是她准备勾引魏清宇用的,气得差点没把一口老血喷出来。

但看看许浪失魂落魄的样子,余曼青也不好再说什么,给许浪一个拥抱,告诉许浪,她会帮她想办法证明魏清宇到底是不是真心喜欢她的。

余曼青的方法很简单,就是想办法让魏清宇着急。人在着急的情况下是很容易表露自己内心真实的情感。所以,她让许浪看到魏清宇的消息都不要理睬。许浪其实是不太愿意的,她主动那么久了魏清宇都还说不喜欢她,她真害怕这样做,魏清宇会彻底不搭理她了。

但余曼青又说如果他因此就不理你了,那恭喜你看清了他的心,可以早点放弃了。

许浪认真地想了想,余曼青的话不无道理,她不能一直自欺欺人啊。魏清宇是真的不喜欢她这个事如果成立,她得学着接受,总不能因为她自我感觉特别好,就理所当然地觉得他肯定是喜欢她的。

余曼青化完妆回过头,看见许浪还瘫在沙发上纠结地盯着手机,恨铁不成钢地走过去伸手抽走她的手机:"快起来准备一下!等会儿姐妹带你去喝酒,让你忘掉他!"

说到喝酒,余曼青直接带许浪来到酒吧,许浪一进去就被音乐震

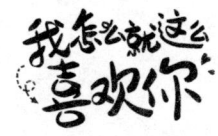

得发蒙:"在这里喝酒安全吗?要不我们去别处喝吧?"

"绝对安全,我都提前打听过了,放心吧!况且等会儿还有人来给我们保驾护航!"

"谁还要来啊?男的女的?"

"男的,你也认识,等会儿来了你就知道了。"余曼青带她到吧台点了一打啤酒,找到一个距离舞台很近的位置坐下,对她说,"你等会儿去跟他们一起蹦迪,想咋跳咋跳,尽情开心!我会坐在这里看着你的!"

许浪看了看舞池里各种摇摆的男女,摇摇头拒绝:"不了吧,我只会跳健美操。"

"那行吧。"余曼青不再坚持,拿起酒杯在她的杯子上碰一下,"今晚多喝点,不醉不归!"

三四杯入肚,许浪已经晕乎乎的了,盯着舞池看了许久,她腾地站起来:"我不喝了!我要去蹦迪!"

"曼曼你看!"许浪指着舞池里的一个跳得很嗨的男人,"就他!我注意很久了,他跳得贼棒!"说完,她摇摇晃晃地走过去,搭着那个男人的肩膀,踮着脚不知道说了什么,那男人居然真的开始手把手教她。

"这样没事吗?"方铭刚赶到就看到这幅场景,有些担心。

"没事,随她去吧,我会一直看着的。"余曼青回头,"说起来这还不都是因为你的兄弟！你说说你那个兄弟，怎么这么记仇啊！小时候的事居然一直记到现在，这也太变态了吧！"

"其实也没有。"方铭忍不住辩解，"我跟他一起玩这么多年了，没见过他这样。也许是因为许浪在他心里比较特殊吧。"

"呵呵！"余曼青看着舞池里跳得越来越顺的两人，对方铭说，"你现在过去对着他俩拍个小视频发给魏清宇，哼，真当我们许浪没人要啊！"

"呃……我不敢，怕被打。"方铭嬉皮笑脸地认怂。

余曼青威胁他："那好吧，等会儿微信互删电话拉黑，以后我们别再见面了。免得我看到你就会想到魏清宇，想到魏清宇我就火大，我一火大……"

"停停停！"方铭投降，"我刚话没说完呢，虽然我怕被打，但有你在我就不怕了！"

方铭像狗仔一样偷偷摸摸走到离两人不远的位置，拿出手机正对着许浪拍下两人跳舞的小视频，自己先看了一遍确定视频里能看得清许浪的脸，他才点开魏清宇微信咬咬牙发了过去！

此时，魏清宇正准备一个人凄惨地吃晚餐。

那一大盆小龙虾和一整条鲈鱼。

听到手机振动，他放下手中的筷子，解锁屏幕。

是方铭发来的消息，好吧，他是有那么一点点失望。

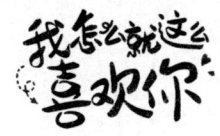

大致看了一眼,一个小视频,背景环境像是在酒吧,肯定又是叫他去喝酒的。

今天心情不好,不约!

魏清宇懒得再点开视频,直接拍了张自己的晚餐发过去,回复:"不去,我正在独享小龙虾。"

"你发过去了没?收到回复了吗?"余曼青问。

"有……他说……他……嗯……现在不是很方便。"方铭支支吾吾。

"什么方便不方便的?"余曼青抢走他的手机看,"哎哟我去!我们许浪在这里买醉,他居然在家吃小龙虾?"

余曼青很生气,直接用方铭的微信回复:"吃吧吃吧,撑死你这个王八蛋!"

回复完,她随手就把手机往方铭那边扔过去:"明天我就开始给许浪介绍对象!"

4.

方铭手忙脚乱地接住手机,还没来得及看清楚余曼青发的内容,魏清宇的电话就打进来了。

他跟余曼青打声招呼就疾步走出酒吧接听电话:"喂?"

"你为什么骂我?"

方铭忐忑不安地开了免提，点开微信，待看清楚消息内容，心中"咯噔"一下。

完了！这要怎么解释？

"你看了那个视频吗？"方铭斟酌着开口。

"我没看。"

方铭提醒他："要不你先看一下视频再打过来？"

"哦。"魏清宇满腹疑惑地挂了电话打开视频，下一秒他就火大了！

视频上是许浪和一个年轻男人在跳舞，两人挨得很近，关键是许浪笑得特别开心！

呵，趁他不在先是搬出他家，接着不回他微信，不接他电话，然后晚上跑到酒吧和人跳舞！

许浪，你真可以啊！

魏清宇愤怒地关掉视频，将电话重新拨过去："方铭，你现在把位置发我。"

"那你喜欢许浪吗？"方铭突然问他。

见魏清宇不说话，方铭又说："你要喜欢她，我就把位置发你，你过来把她带走。你要不喜欢她，就别多管闲事了，视频里那个跟她跳舞的是她相亲对象，对她很满意的，你就让人家好好发展吧。"

"相亲对象？"魏清宇沉着声问，"谁介绍的？"

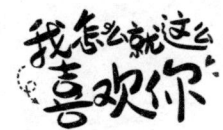

"我准女友,就是许浪她朋友余曼青。"方铭继续编,"那个男的比她小两岁,家里条件也不错,长得也很阳光。今晚一起吃饭对许浪特别照顾,估计看出来许浪心情不好,一晚上都想各种方法讨许浪开心,这不还带许浪来蹦迪!"

心情不好?视频里还笑得那么开心,这可不像是心情不好啊!

"你跟许浪的事,我都听我准女友讲了,要我说啊,你要真喜欢许浪,就别端着了,也别纠结人家是喜欢你这个人还是你这张脸。喜欢一个人的开始不就是被对方的某个闪光点所吸引吗?你长得好看就是你的闪光点啊,大学那会儿学校女生不是很多都给你送过情书吗,她们不也是因为你长得好看?爱美之心人皆有之,你应该庆幸,你长了一张许浪喜欢的脸,要不世界上那么多长得帅的,说近点的,就比如我,我也长得很帅啊,怎么就没见许浪喜欢我呢?你说是不是这个道理?"

"……"魏清宇不想理他,什么时候都不忘往自己脸上贴金。

"欸,魏清宇,你怎么不说话呢?"方铭开始怀疑对方是不是没有在听。

"你别说废话了,赶紧把位置给我!"

"好好好,我现在发你。"方铭微信定位发给他,转身又进了酒吧。

"你回来了。接个电话怎么这么久?"

"我在对某人进行深刻的思想教育。"方铭凑到余曼青身边,"我想求表扬,我刚刚随机应变编了一个故事,成功地引起了对方的危机感,我觉得他俩今晚就能在一起。"

"编故事?"余曼青疑惑地看着他,"什么故事?"

"我说跟许浪蹦迪的是她相亲对象,对许浪一见钟情,特别体贴。"

"噗——"余曼青笑出声,"你可真是个人才啊,我都没想到这种操作。"

"那我现在可以申请转正了吗?组织都观察我这么久了,还不考虑转正?"

"嗯……组织这两天会认真考虑一下,年轻人不要太心急啊。"

"好的!谢谢组织!"方铭声音响亮,还附带站起来行个军礼,引得不少人侧目。

余曼青脸微热,拉拉他的衣角:"你快坐下!"

"欸,我刚还没问你,你说许浪相亲,魏清宇什么反应?"

方铭坏笑:"他要我把地址发给他,现在估计正提着五十米大刀在赶来的路上了。"

许浪还沉浸在蹦迪的快乐之中,不知疲倦。

突然,胳膊被人大力拉过去,她撞到一具坚硬的胸膛上。

她眯蒙着眼,看向来人,是魏清宇。

许浪吓得一激灵,说话都不利索了:"你你……你怎么在这里?"

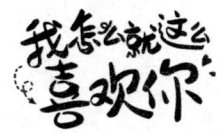

"捉奸。"魏清宇黑着脸,"许浪,你很棒啊,不接我电话不回我微信跑出来相亲。"

"啊?相亲?"

"你不用再解释了,方铭都跟我讲了。"

"方铭?"他什么时候来的?许浪奇怪地望向余曼青的位置,那里已经空无一人。

"不用再看了,他们走了。"魏清宇上下打量着跟许浪一起蹦迪的小伙子,低下头问许浪,"你觉得他好看还是我好看?"

"嗯?你好看啊。"许浪心里害怕,她感觉魏清宇今晚上好奇怪啊。

"呵,算你有眼光。"魏清宇揽着许浪的肩膀,话却是朝着小伙子说的,"我们先走了,你自己慢慢跳。"

"她不能走!"小伙子拽着许浪胳膊。

魏清宇目光瞬间移到他手上,小伙子瑟缩了一下,放开许浪的胳膊:"她……她还没给钱呢!"

"什么钱?"魏清宇皱眉看着许浪,"你相亲还骗人钱?"

"不是,我……"许浪支吾。

"什么相亲?"小伙子打断她,"我跟她根本就不认识,是她来找我说,要我教她蹦迪,让她做这个舞池里最耀眼的舞王,她就给我1000元钱的!"

"1000元钱?"魏清宇不可思议地望着许浪,"许浪,你真棒啊!"

许浪哭丧着脸:"我那会儿不是喝多了嘛,说话就没经大脑。"

她哆哆嗦嗦掏出手机,魏清宇拦着她:"我来付,等会儿一起算账!"

魏清宇麻利地扫码付款,拽着许浪就出了酒吧。

他把她带到车前,打开车门把她强塞进去,然后大步走回驾驶座,脚踩油门驶出地下车库。

许浪忐忑地偷瞄他,他绷着脸,面无表情。

她还是摸不清现在是怎么一个状况,偷偷给余曼青发消息。

【浪得虚名】:这是什么情况?

【曼曼青青】:我们看魏清宇来了,想着估计你俩有话要讲,就自动闪人了。

【浪得虚名】:我不是问这个,我是问他为什么会出现在这里,还说我相亲?

【曼曼青青】:一位不愿意透露姓名的热心群众把你跟小伙子蹦迪的视频发给魏清宇了,并骗他说那是你相亲对象。

【浪得虚名】:???

【曼曼青青】:热心群众已经帮你试探出来了,魏清宇是喜欢你的。加油啊,搞定他!

【浪得虚名】:……

【浪得虚名】:谢谢你,方总。

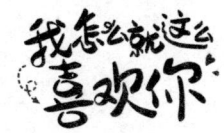

"热心群众"挫败:"你说她是怎么知道是我的?"

余曼青看了眼回复内容,给出原因:"是你的智障暴露了你。"

许浪等了会儿不见对方再回消息,轻笑着收起手机。

过了会儿,她扭头问魏清宇:"我们现在是去哪儿啊?"

"回家。"

至于哪个家,许浪用脚趾想都能猜到。

回到家,许浪一眼就看到餐桌上的小龙虾和鲈鱼,她兴奋地跑过去:"哇!你今晚做了小龙虾,还有我最爱的清蒸鲈鱼啊!"

也不管饭前要洗手,她拈起一只小龙虾就开剥。

许浪剥虾速度很快,几秒钟就剥得只剩下虾肉,吃进嘴里,她幸福得眯起眼:"这也太好吃了吧!"

魏清宇站在她身后神情复杂,算了算了,先吃饭吧。他走过去端走桌上的菜朝厨房走去:"热一下再吃。"

这顿饭,许浪吃得特别爽,尤其是剥虾速度,连魏清宇都看呆了。

最后放筷子的时候,许浪还抑制不住地打了个响亮的饱嗝。

接收到魏清宇诧异的目光,许浪才反应过来自己都做了什么,毫无形象的吃相,完了还打嗝,她之前辛苦维持的形象全毁在这顿饭上了!

许浪羞愤地捂着脸,不好意思看魏清宇。

"吃好了吗？"

许浪点头。

"我做的菜好吃吗？"

许浪再点头。

"那你知道这本来就是准备做给你吃的吗？"

欸？许浪放下手，不敢置信。

"说吧，为什么突然搬出去？"

"我……我……"许浪支支吾吾，眼睛左右转。

魏清宇也不催她，很有耐心地等着她开口。

"唉，算了，我坦白。"许浪看着他的眼睛，"你妈妈来找过我，小时候的事情我都想起来了。"

许浪很真诚地道歉："对不起。我为我小时候给你造成的伤害向你道歉……"

她后面再说什么，魏清宇已经听不见了，他满脑子都是许浪的"对不起"，他等她的道歉等得太久，久到他以为他这辈子都不可能听到了。他自己也说不清为什么他会那么执着于小时候的事，有可能是因为许浪是他当时第一个想要亲近的人吧。在懵懵懂懂的时候怀抱着一腔热情去靠近另一个人，却被无视，甚至因此滋生出自卑的情绪，他无法释怀。

"我搬出这里也是因为我不知道怎么面对你，之前你说你不喜欢

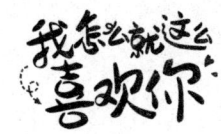

我我还觉得你说谎来着,现在想想,你不喜欢我是应该的。要是我小时候有男孩子这么对我,我会讨厌他一辈子的。"许浪叹口气,"想来你之前做的那些都是陷阱对吧,就是为了让我喜欢上你,这样你才能拒绝我,就像我当初拒绝你那样。"

许浪沉默片刻,继续说:"魏清宇,要不咱们两清吧。小时候你喜欢我,我让你难过。现在刚好反过来了,我觉得可以扯平了。以后我再追你的时候,你可不许再用小时候的事来做评分标准了啊!"

魏清宇惊讶,不确信地问:"你再追我?"

"对啊!你不会以为我说了两清之后就会跟你说我们以后桥归桥路归路,互不打扰吧?"

魏清宇问号脸:"难道不是吗?我看你小说里经常有这种梗的。"

"当然不是了!小说归小说,跟现实又不一样。我才不会那么蠢,追了这么久就因为这点小事放弃!"

后面的话许浪没说,其实她在搬出去第二天就后悔了,因为余曼青厨艺一般,在尝过魏清宇厨艺前,她觉得余曼青做的饭菜很好吃,但吃过魏清宇做的饭,她突然觉得这才叫生活,像余曼青那样的饭菜只是为了维持生存。

这些她是万万不能告诉魏清宇的。

"魏总,我想再次申请住进来,方便你对我察看评分,希望你能批准!我这次一定好好表现!"许浪期待地看着他。

魏清宇迟迟没有回复。

许浪的心在这沉默中渐渐沉下去，半晌，她小心翼翼地开口："要是不方便也没事的，我再找房子就好。"

魏清宇深深地看她一眼，站起身双手撑在桌子上靠近她："明天晚上我要带渺渺遛弯，你自己看着办吧。"

许浪闻言眼睛一亮，连忙点头："没问题！到时候别说是渺渺了，你带我遛弯都可以！"

魏清宇成功被逗笑，许浪也跟着傻笑。

魏清宇想，他真的是败给许浪了，那就这样吧，他会拭目以待看她往后的表现。

至于他喜欢她这件事……嗯，让她自己慢慢去发现吧，就当是她这次擅自搬家的惩罚。

反正未来很长，总有一天她会知道，她喜欢的人比她想象中要更喜欢她！

番外一
沈一川

1. 被骗着做了哥哥

沈一川八岁的时候,他的生活里发生了一件大事——遇到许浪。

八岁的沈一川是个学习机器,至少他自己是这么认为的。

沈母和沈父青梅竹马,相爱结婚都是顺理成章的,两个人早年忙事业都不想早早地生子。直至沈母生了一场大病,从鬼门关抢救回来后,她就无比渴望能有个孩子,这样就算以后自己不在了,自己的爱人也不会太过孤独。

　　生下沈一川的时候，沈父沈母特别开心，取名"一川"就是寓意他往后生活可以"一马平川"。沈母为了更好地照顾他，与沈父商量后辞职做了全职妈妈。他们将所有希望都寄托在儿子身上，所以沈一川的童年就是在书法、跆拳道、奥数、英语等各种辅导班度过的。

　　他每天的作息时间都是固定的，几点起床、几点吃饭、几点去辅导班，甚至几点吃水果、几点看电视、几点休息都被规划在一个表格里，这就是他的生活，枯燥没有期待。

　　直到某一天，沈一川记得很清楚，那天是周日，天气很好。

　　他上完书法课，因为母亲有事，他需要自己回家。

　　这是他第一次自己坐公交车回家，不知是太紧张还是怎的，他竟坐反了方向，等他坐过了三站才意识到这个问题，急急忙忙在下一站下车，准备往回走过天桥去马路对面坐车。

　　往回走数十步就是一个公园，天气很好，公园门口有很多小商贩，他看着进进出出的行人，听着耳边各种声音，突然就不想那么着急回家，这是一次难得自由的机会。

　　他兴奋又期待地走进公园大门，对一切都感到新鲜。他漫无目的地走着跳着，不知不觉走入一片小树林，这里人很少，他有些慌张，不知道自己身处公园哪个位置，也不知道应该从哪个方向出去。

　　就在这个时候，他听到不远处传来一道清脆的女声："你们一起

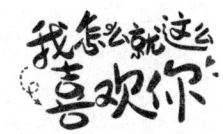

来吧,我不怕你们!"

他循着声音跑过去就看到四个小孩子站在一个女孩子面前,他们每人手里都拿着一根树枝,为首的是个男孩儿,他渐渐向女孩子面前移动,嘴里还说着:"哼!今天我们非把你打得落花流水,跪地求饶不可!"

沈一川一听就知道这女孩子正在遭受欺负,他飞快地跑过去,给了那个男孩子屁股一脚,男孩子一下子就趴在地上。

沈一川站在女孩子面前,张手护着她,尽量让自己声音变得凶狠一些:"这是我妹妹,谁都不许欺负她!谁敢过来,我就揍谁,我可是练过跆拳道的!"

众人愣住了,呆呆地看着他。趴在地上的男孩子站起来盯着他看了一会儿转身就跑,边跑边大声哭喊着:"你等着!我回家叫我妈过来!"

其余的小孩儿也都纷纷扔了树枝转身跑开。

他颇有些得意地回过身,想安慰那女孩子几句,就见小女孩不高兴地瞪着他。

"你……"

"你是谁啊!"小女孩朝他吼,"我们正在玩游戏呢!我带着他们排练了许久的,都被你捣乱了!"

沈一川也愣住:"游……游戏?"

"对啊！女侠群斗坏人的游戏！我是女侠，他们演坏人，你扰乱了我们游戏，还踢了壮壮，他肯定回去告状，他妈妈等会儿肯定要去我家告状，我又要挨批评了！"说完，她继续气呼呼地瞪着他。

沈一川有些歉疚："对不起，我在这里迷路了，看到你们以为你受欺负了。"

"没关系！"女孩子忽然笑了，"作为补偿，你陪我重新做个游戏吧。"

"什么游戏？"他好奇地问。

"嗯……结拜游戏，你刚刚不是说我是你妹妹嘛，我们干脆来结拜吧，以后我就喊你哥哥了！"

"哥哥？"

"对啊！你家里有妹妹吗？"

沈一川摇头。

"那刚好啊，我家里也没有哥哥，我们现在结拜，以后你就是我哥了。我是女侠，你做女侠哥哥，多威风啊！"她笑眯眯地看着他，催促他，"我们快点结拜吧，不然等会儿我妈就来抓我了！"

也许是那笑容太耀眼，他鬼使神差地点点头："好，那我们结拜吧，我不会玩这个，你教我。"

"没问题。"她拉着他找了一棵树跪下，"现在我说一句你就重复一句啊。"

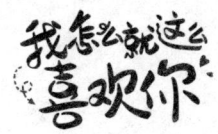

　　他点头,好奇地看着她,学着她双手合十,闭上眼睛。

　　"我是许浪。"

　　"我是许浪。"

　　"笨蛋,这里你要说你的名字啊!"

　　"哦哦,我是沈一川。"

　　"我今天自愿和沈一川结为兄妹……"许浪卡词,想了半天不记得电视里怎么说的,但听着对方也已经说完这句,她只好自己编词,"以后我是妹妹,他是哥哥,一辈子有效不离不弃!"

　　沈一川跟着念完,又听她说:"我们现在一起磕头,磕三下,就好了。"

　　两人对着大树磕头三下,许浪开心地站起来:"走吧,哥哥,我带你出去!"

　　许浪走在前面,一蹦一跳的,连带着马尾辫也甩来甩去,沈一川乖乖跟在后面,心里喜滋滋的。

　　他在家族里排最小,上面一群哥哥姐姐,每次拜年都被要求要逐一打过招呼,这下突然有了一个妹妹,突然被叫哥哥,他真的开心极了,这种开心比考试得了满分,比妈妈做了一桌他爱吃的饭菜,比爸爸给了零花钱还要多得多。

　　这一刻,他在心里对自己说以后一定会好好爱护她。

2. 你归大海我上高山

离国庆节还有半个月的时候,沈母打来电话:"儿子,国庆节回来吧,今天有人上门给你介绍对象了,那姑娘是咱这里一个银行的业务员,我前两天借着办业务偷偷去考察了下,相貌、性格都挺不错的,你这两天赶紧订票,国庆假期回来一起见个面,交个朋友吧。"

沈一川头疼,他也没能躲过相亲的命运。

"妈,我现在过得挺好的,还没有交女朋友的打算,你帮我拒绝了吧,不然国庆节我就不回去了。"

"欸,你这孩子怎么回事啊?"沈母听不得这威胁,劝他,"你看你现在也不小了,该成家了。我知道你喜欢许浪,但你也知道人家只拿你当哥哥,我今天出去买菜还碰到许浪她妈了,她说许浪国庆要带男朋友回来。"

"妈……"沈一川没想到自己那点小心思早已被母亲看出来,现下还直接摆在台面上说,他一时无言,不知道该说些什么。

"唉……"沈母轻声叹气,"人啊,要向前看。许浪虽好,但你们没缘分,你就别傻等着了。"

"……"

沈母见儿子迟迟不说话,也不多说什么,只随口扯两句别的就挂了电话。

沈一川看着三人微信群里,许浪艾特他和余曼青,问他们国庆回

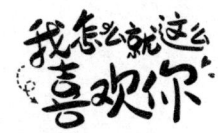

不回家。

余曼青已答:"回。"

他迟疑一会儿也回复:"回。"

"嘻嘻,那太好了!我刚好也准备带魏清宇回家,到时候一起吃饭啊!"许浪发了个害羞的表情,"这次我请客,地方随你们挑!"

隔着屏幕,沈一川都能感受到许浪的甜蜜和开心,他心头微酸,回了个"好"后就将手机放在一旁,退出群聊。

吃饭时间定在10月3号晚上7点,沈一川刚走下楼就看到许浪挽着一个男人从对面门口出来,他本能地转身想回避一下,不料许浪眼尖,已经看过来了,挥手高喊:"川哥!"

"哥!好久不见,你怎么又变帅了啊!"许浪牵着魏清宇走过来,她惯性地先拍个马屁,说完她的手就被某人用力地捏了一下,她随即反应过来,话锋一转,"不过,我还是觉得我男朋友更帅!"

沈一川早就注意到两人间的小动作,他笑着朝魏清宇伸出手,自我介绍道:"你好,我是许浪她哥,沈一川。"

"你好。"魏清宇回握,"我是许浪男朋友,魏清宇。"他特意在"男朋友"三字上加重语气,仿佛炫耀示威一般。

沈一川有些尴尬,笑了笑不再作声。

去饭店的路上,三人同坐在一辆车上,魏清宇坐在驾驶位上,许浪和沈一川坐在后面。

沈一川时不时就能从前面的后视镜里收到两道凉飕飕的目光，偏偏许浪还不自知，一路叽叽喳喳地同他说个不停。他被这略带敌意的目光搞得心烦意乱，连带着回应许浪都有点敷衍。

这顿饭除了他，大家吃得都挺开心的。

饭局快结束时，魏清宇起身去服务台买单，沈一川坐了一会儿借口去洗手间也跟着离席，他走到魏清宇旁边，默默地看魏清宇核对账单，扫码支付。

待他结完账，沈一川开口："我们出去聊会儿吧。"

两人站在饭店门外，沈一川习惯性掏出烟，递给魏清宇："来一根？"

魏清宇摆手："正在戒，许浪不让抽。"

啧，又被强塞一口狗粮。

沈一川也不勉强，直接收起了烟，开门见山道："不知道是不是我的错觉，你对我好像有敌意？"

"嗯，不是错觉。"魏清宇回答得很坦率。

"为什么？"沈一川笑问。

当然是因为你看我媳妇儿的眼神不对啊！魏清宇内心没有风度地咆哮，脸上却似笑非笑地看着他，反问："你说呢？我们都是男人……"

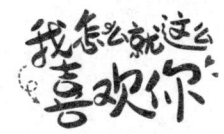

他没有继续往下说,他知道沈一川也明白他话中的意思。

沈一川点头:"你放心,我只是她哥而已。"

"那就好。"魏清宇心情突然愉悦,"不好意思啊,我这个人很爱吃醋的。"

沈一川:"……"

散场的时候,沈一川直接让许浪、魏清宇他俩送余曼青回去,他想自己散步回去。

许浪不同意:"哥,这儿离咱小区挺远的,我们还是一起坐车回去吧!"

"真不用了。"沈一川拒绝,"我也很久没回来了,我想散散步重新认识一下这个地方。"

许浪还想再说什么,魏清宇轻轻拉了她的胳膊:"你就让你哥散步消化一下。"

一语双关,沈一川顿悟,忍无可忍地在心里翻个白眼。

余曼青也恍然明了,拽着许浪往外走:"走了!赶紧送我回去睡觉,我好困!"

送走了他们,沈一川卸掉脸上的假笑,沿着马路边缓慢地走着。

他和许浪十几年来,除了小学没在一个学校,初中、高中甚至大学都在一个学校,甚至在初中的时候为了督促许浪学习,在父母商量买房时，说服父母买在和许浪一个小区里。

十七年了，如果许浪也喜欢他，他们早就在一起了。

而现如今，她身边有了魏清宇，他也看得出来她很幸福。

他想，或许他可以试着翻篇了。

回到家的时候，已是深夜 12 点，客厅内给他留了一盏灯。

关上门的同时，沈母打开了卧室门："儿子，回来了啊。"

他应了声，打开冰箱开了一瓶矿泉水就喝。

沈母还在絮絮叨叨，说他不该这么晚才回来，冰箱里还有晚上熬的粥，要是饿了就自己热下吃。

"嗯，知道了。"

沈母还想再说些什么，但看到他脸色不是很好，就说了句"早点睡吧"。

"妈。"沈一川叫住母亲，犹豫着开口，"你之前说的相亲……你看这几天什么时候方便就安排见个面吧。"

嗯，翻篇第一步就从相亲开始吧。

番外二
那些小日常

1. 听说亲亲治牙疼

许浪最近智齿发炎。

这天早晨许浪刷牙的时候发现自己左边腮帮肿得很高。

不放过任何机会向某人撒娇的许浪哭丧着脸噔噔噔地跑到厨房。

"魏……"

"把嘴里的糖吐掉再说话。"正在熬粥的魏清宇盯着她鼓鼓的腮帮轻斥道,"你什么时候养成这坏毛病了?"

"啊?"许浪微怔,她没吃糖啊,随即反应过来,脸都黑了。

她冲他张大嘴巴:"看见了吗?我没吃糖,这是肿了!"

肿了?魏清宇捏着她下巴左右仔细看了看,皱眉:"怎么回事,肿这么高。"

"智齿发炎。"许浪顺势扑进他怀里,特别委屈,"我都快疼死了,你还冤枉我吃糖。"

"对不起。"魏清宇摸着她的头发轻声说,"我们先吃早餐吧,吃完我带你去买药。"

"其实我知道有一种方法可以止痛。"许浪仰起头,"不过得你帮忙。"

"什么方法,这么有效。"

"亲亲!"许浪笑嘻嘻地说,见他不信,她急忙解释,"真的!我不是故意想占你便宜的,我这是有科学依据的!人在接吻过程中,身体会自动分泌一种叫安多芬的快乐激素,它会使人精神愉悦,还能诱发人体产生自然抗体,具有良好的止痛效果!"

最后,她略带羞涩地说:"亲亲越激烈,止痛效果越好啊。"

"嗯,我明白了。"魏清宇看着她亮晶晶的眼睛,微笑,"你先把眼睛闭上。"

许浪乖巧地把眼睛闭上。

魏清宇脸上露出一抹坏笑,他缓缓凑近她。

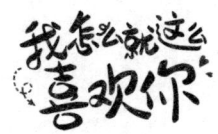

呼吸相闻见,许浪的心跳得剧烈,她期待又喜悦。

然而,下一秒。

"嘶——"她捂着疼痛的腮帮,恼怒地瞪着某人,不亲她就算了,还戳她腮帮!

这日子没法过了!

她越想越气,抬起脚对着他脚就狠狠地踩下去。

哼!大猪蹄子,既然不愿意和她同甘,就干脆共苦吧!

2. 关于笔名

秋分那天,许浪交全稿了,魏清宇很满意,找了一个在出版公司上班的朋友将稿子发了过去,询问是否能达到出版标准。

过了几天,朋友将带着批注的全稿回过来,说:"内容不错,只有几个地方要修改。只是这笔名……得换一下,最好能换个清新点儿的,容易过审。"

于是,魏清宇和许浪就开始讨论起新笔名。

许浪率先发表意见:"那就换成我微信名吧,浪得虚名。"

魏清宇摇头:"不好听,重新想。"

"浪什么浪?"

魏清宇:"你这是在骂人?"

"那……浪里个浪?"

魏清宇皱眉:"都说了要取一个小清新风格的名字,你就不能不带'浪'字吗?"

"当然不能!"许浪理直气壮,"我这个名字可是饱含父母对我的殷切期望,所以我所有名字都带浪!"

"那我们再想想。"

许浪想破脑袋也想不出什么好名字,干脆直接百度所有带"浪"的成语,挑选着念给魏清宇听:"破浪乘风?浪子回头?浪迹江湖?放浪不羁?无风三尺浪?兴风作浪?"

每念一个,魏清宇就摇头一次。

最后,许浪烦躁了:"算了!今天先不想了!我脑细胞都快死完了,我去追剧了,明天再想!"

许浪又搜集了一堆带"浪"的词语,准备回家念给魏清宇听。

"不用了。"魏清宇一边做饭一边说,"我今天已经替你想好交上去了,我朋友很满意,你就等着出版就好了。"

"欸?"许浪好奇,"什么名字?带不带浪?"

"带,风格很清新。"魏清宇想到什么神秘一笑,"具体的我就先不告诉你,到时候等出版之后你收到样书就知道了,你就当是个惊喜吧。"

惊喜……这成功地勾起了许浪的好奇心,她盼星星盼月亮地等着样书。

半年后的某天下午,许浪收到快递,是她期盼已久的样书。

她迫不及待地打开,就想看看最后魏清宇给她起的小清新风格的名字是什么。

当封面一点点展露出来,那个名字也渐渐显现出来。

晚上,魏清宇拎着菜回到家,就看到许浪坐在沙发上抱着渺渺看电视,没有如往常那般热情地跟他打招呼,再走近就看到桌子上散落着几本书,封面他很熟悉,朋友之前给他看过。

他走过去,坐在许浪身边,拿起样书:"怎么了?不满意你所看到的?"

许浪指着封面上"浪花朵朵 著"这几个字,气鼓鼓地说:"这就是你说的很清新的名字?"

"嗯。有什么问题吗?"

"我好歹也是一个拥有三百万粉丝的小粉红写手,这种散发着浓浓非主流气息的笔名我是不会承认的!"

"哦,我明白了。"

几天后,许浪微博炸了,许多读者纷纷跑来告诉她,她被抄袭了,某个新书作者浪花朵朵的文风、叙事结构,甚至包括题材都跟她的一样,众人强烈呼吁她维权。

许浪哭笑不得，只好转了那条新书宣传微博，写道："谢谢大家的关心，我没有被抄袭，这就是我的书！哈哈哈哈哈哈哈，是不是很惊喜啊！"

啪！啪！啪！

打脸来得就是这么快！

3. 请你来我家旅游

晚上12点多，魏清轩仍在峡谷杀红了眼。经过他多日来不懈钻研，他的阿轲已经越来越溜了。

一杀……二杀……三杀……四杀……五……

"嗡——"

一通电话插进来。

啥玩意儿！他愤怒地看着屏幕上"哥哥"二字，厌了。

"喂——"

"我在大门外，出来开个门，我忘带钥匙了。"

烦人！

魏清轩十分不情愿地爬起来下楼。

"哥，你这么晚回来有什么急事吗？"

"嗯，是有一件。"魏清宇关上门拉着弟弟就进了卫生间。

"我们现在一起看着镜子，谁都不许眨眼。"

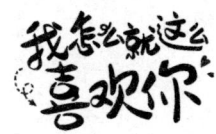

魏清轩不明所以地看着镜子里两人。

静默一分钟后,魏清宇问他:"你觉得我们两个谁更帅?"

哈?魏清轩僵硬地转过头,魏清宇微笑着与他对视。

"啊——"魏清轩突然惊叫着跑开跳到床上用被子蒙着头。

"……"

魏清宇大步过去扯开被子,就看到弟弟惊恐的眼神。

"我没做亏心事,你快走吧!"

看着床上哆嗦的那一大坨,魏清宇无语,魏家做错了什么要有这么一个智障!

他拍拍弟弟的脸:"你见过鬼有影子?"

魏清轩将眼睁开一条缝向魏清宇身后看去。

"呵呵,呵呵呵呵……"他不好意思地干笑几声,"最近被陈渺拉着看了个鬼片,有点阴影。"

魏清宇嗤笑一声:"瞧你那小破胆儿,自作自受。"

还不是因为你大半夜来问我这么个奇怪的问题!魏清轩敢怒不敢言,气鼓鼓地瞪着他哥:"哥,你今晚受什么刺激了,大晚上跑回来问我咱俩谁更帅,就不能都帅吗?"

魏清宇沉下脸,他也不知道自己发什么疯。

晚上吃过饭,他陪许浪看电视,其间许浪去阳台接了个电话回来就不开心了。

她生气地问他，他是不是只想让她做秘密情人才不过多跟她讲家里的事，也不提带她回家。

其实他不是没想过带她回家，但是吧，他还是有心结。

所以在许浪等不到他回答气冲冲回房把自己枕头抱到她原来房间后，他也就头脑发热地回来解心结了。

"不行！"魏清宇坐下来揽过弟弟，打开手机相机前置镜头，"我一定要比出个结果。"

于是两人从身高开始，采取加减分制度，你一言我一语的，必要时候，两人还翻出了尺子来测量。

最终，魏清宇以一分之差险胜弟弟。

魏清轩心不甘情不愿地承认："你比我帅，我认输！"

"OK，那我回去了。今晚这事不许对外提起！"

魏清宇心满意足地离开，魏清轩转身就憋屈地给陈渺打电话。

"你知道吗，我哥这个变态，大半夜跑过来跟我比谁更帅？"

"结果呢？"陈渺坐在片场的休息椅上，裹着棉袄问。

"我们只比到腹肌那块，你也知道再往下就不能过审了。"魏清轩愤愤地说，"说来也可气，我这八合一的腹肌居然比不过他六块腹肌！"

八合一？

"噗！"陈渺不厚道地笑出来。

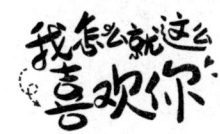

"你!我要和你绝交六个小时,再见!"魏清轩爹毛地挂断电话,关机睡觉。

第二天七点钟,还沉浸在睡梦中的许浪就被魏清宇喊起来。
"我给你二十分钟时间,你去穿衣洗漱,我等会儿带你出去一日游。"
有起床气的许浪:"我还在生气,不和你出去玩。"
某人咬牙切齿:"魏家一日游,去不去?你想好了再说。"
"魏家……"许浪猛地抬头,换上笑脸,"去去去!给我半小时,我要化个美美的妆!"

4. 魏家一日游
说是半个小时,然而出门的时候已经快中午了。
"怎么办,我还没有准备礼物!你家人都喜欢什么,我等会儿去买。"
"不用了,我已经叫齐晟买好送过来放车里了。"
许浪愕然:"齐晟来过?什么时候?"
"就在你问我口红是涂樱桃红还是草莓红的时候。"
哦,许浪想起来了,那会儿魏清宇扔下句"都行"就出去接电话。
"不过,我现在挺好奇的,你最后选择了什么红?"魏清宇视线落在她唇上,"这是草莓红?"

"不是,这是番茄红。"

魏清宇又瞥了几眼,忽然方向盘一转,将车停靠在路边。

在许浪疑惑的目光中,他解开安全带,侧过身就亲了过去。

"唔……等等!"许浪将手抵在他胸前,稍稍拉开两人距离,轻声说,"路边不能随便停车啊。"

"没事,三分钟就好。"

这是一个绵长又激烈的吻,以至于许浪到最后都有点缺氧了。

一吻结束,魏清宇抱着许浪,在她耳边哑声说:"许浪,我想返回去了。"

"不!你不想!"许浪右手摸索到车窗开关,毫不犹豫地按下。

风吹进来,魏清宇也冷静下来,松开许浪,他似笑非笑地瞅着她说:"你可真棒啊!"

许浪扭过头擦拭着嘴唇,不理会这嘲讽。过了一会儿,她又扭过来,就看到魏清宇对着车内后视镜,仔细地擦去嘴角边沾染上的口红印。

她忽然就面红耳赤。想了又想,她忍不住问:"你是不是很喜欢我涂这个颜色的口红?"

被一语道破心思的魏清宇拒绝承认:"啧,自恋。我只是想验证这个番茄红的口红是不是番茄味的。"

许浪笑:"哦,原来魏总求知欲这么强烈啊!"

魏清宇淡淡瞥她一眼:"我别的欲也很强烈你要试试吗?"

许浪红着脸移开眼,算了,她还是安静一点吧。

车子到达魏家时,魏父魏母和弟弟已经饿得饥肠辘辘了。

魏清宇带着许浪进屋,为她一一介绍:"这是我爸,这是我妈。这是……"他指着弟弟停顿了几秒,"这是我弟,魏清轩。"

"叔叔好,阿姨好,弟弟好。"许浪忐忑地跟每个人打招呼,又把魏清宇事先准备的礼物送到每个人手里。

魏母之前见过许浪,再次看到,心里乐开了花,她瞧出许浪的紧张,放下礼物很自然地就拉过许浪的手,笑着说:"别紧张,以后都是一家人了。"

许浪不好意思地点点头。

魏母笑得更灿烂了,魏父也面带笑容。

饭菜上来,许浪坐在弟弟魏清轩对面,魏清轩时不时就拿眼睛偷瞄她。

这就是哥哥家里藏的那个女人?他怎么觉得她笑起来的样子很眼熟?

坐在魏清轩旁边的魏母瞥见他这一小举动,笑着问他:"你不记得了?这是你小时候在爷爷家认识的许浪姐姐啊,你当时回来不是还念叨她好几天吗?"

魏母这么一说,魏父也想起来了:"原来是那个小女孩啊。我对她印象还挺深的,小时候我们去接这兄弟俩回家时,她还说长大后要嫁给轩轩呢，没想到现在是跟清宇在一起了，看来她跟咱们魏家挺有缘分的啊，哈哈哈哈——嘶！"

魏母在桌下狠狠踩了他一脚，他不解地看着自家老婆，老婆示意他看魏清宇。

魏清宇浑身气压低得可怕，许浪朝着魏父尴尬地笑了笑，打着圆场："那是我小时候不懂事，乱说的。我现在只想嫁给魏清宇了。"

与此同时，她左手悄悄伸到桌下轻捏了魏清宇的大腿一下。魏清宇看着她讨好的眼神，露出一个假笑："嗯，你只能嫁给我。"

弟弟蒙蒙地看看哥哥，再看看许浪，默默回味了下父亲刚才的那一段话——我的妈啊！信息量好大啊！难道这就是哥哥总喜欢欺压自己的真相？

片刻后，弟弟在心里又流下感动的泪水，到底是亲兄弟啊，这要是换一个人，估计那人的坟头草都得有一米多高了吧！

因为这个小插曲，大家这顿饭吃得异常煎熬，尤其是许浪。

唉，晚上又得好好哄哄某人了，心累！

本书由陆玖鱼委托长沙大鱼文化传媒有限公司正式授权花山文艺出版社，在中国大陆地区独家出版中文简体版本。未经书面同意，本书的任何部分不得以图表、电子、影印、缩拍、录音和其他手段进行复制和转载，违者必究。